花
千
樹

焦慮症少年之事件簿

小鳥醫生　著

目錄

第二章　**面具下的焦慮症**

自序

最近幾年，差不多每天都有學生自殺的消息，令人非常痛心。

香港的學生壓力大，功課繁重，自然是其中一個原因。但是回想自己還在考會考的年代，應考人數比現在的學生多了一倍以上。那時候的學生可能比現在的還要快樂。

每一個大人都曾經是學生，但是隨著年紀增長，學生時候的記憶卻是慢慢淡化，只記得自己現在的壓力，卻忘記了一個小孩或者青少年心中真正重視的東西。

大人跟小孩子溝通的時候，總是以自己的角度出發，放大了自己從前的痛苦，卻看不到孩子現在面對的困難。學生學習的壓力大，大人口中卻總是在對比從前會考和現在 DSE 人數上的分別。

《金田一少年之事件簿》中的金田一是一個少年天才，總愛抽絲剝繭偵破各種奇案。《焦慮症少年之事件簿》中的少年，卻是一個又一個的謎，要醫生像金田一一般花盡心思，設身處地地了解。

大人讀過這本書可以更了解自己的孩子和後輩，少年讀過這本書可以更好地處理自己的憂慮。現在就請跟小鳥醫生一起探索焦慮症少年的內心世界。

小鳥醫生
二〇二四年六月

第一章

說不出的
焦慮

你可以選擇保持緘默

在業務上,小鳥醫生以前曾經有一個拍檔。啊,不,是一群拍檔。這個團體屬於社會企業,裏面有心理學家、言語治療師等,在社區的層面為普羅大眾服務。

小鳥醫生在業務上跟他們有不少往來,畢竟他們沒有醫生,小鳥醫生又不是臨床心理學家,所以經常有個案需要互相作轉介。

他們給小鳥醫生轉介過很多個案,其中出現較多的一種病症,想也想不到,竟然是選擇性緘默症 (selective mutism)。

選擇性緘默症?小鳥醫生可是相當理解。記得還是醫學生的時候,在某間非常大、非常著名的精神科醫院做 attachment[1] 學習。學習的第一天,「招呼」醫生的卻是一個喜歡打壓男同學,同時又會使勁「舔」女同學的猥瑣老人家。

1　所謂的 attachment,就是在正式醫生身旁觀察他們日常的工作,從中吸收相關經驗。

小鳥醫生當然被嚇壞，在一個月的 attachment 裏頭沒有多作聲，其他醫生問自己問題亦只選擇性回答。我的表現他們當然記錄在案，以為醫生是一個內向的人。一年後見工面試的時候，謎底自然揭曉，苦了的卻是當時醫院的行政總監。

這樣就是選擇性緘默？當然不完全是，但的確有點相像。所謂的選擇性緘默症，是指有一些孩子，在面對熟人的時候能夠正常對話、口若懸河；但是在學校或街上，即是面對同學或老師時，卻突然講不出聲。

●●●

那為什麼那個機構會給小鳥醫生轉介這麼多有關選擇性緘默症的個案？就是因為他們出了一本小書介紹選擇性緘默症的症狀和治療方案。

當年小書一出，引起了不少關注。原因無他，就是因為選擇性緘默症一直以來都不受關注。怪誰？其實在香港、在東方、在亞洲，默不作聲的孩子反而被褒獎、被視為聽話，即便整天在校不說一句話，也不會被歸類為問題兒童。

事實上，在學校裏的確有很多選擇性緘默症的患者沒有被診斷出來，問題一直拖著拖著，老師家長也不了解。小書提高了大家對選擇性緘默的關注，本來沒有「問題」的小朋友最後都被帶往中心檢查。

這天轉介過來的，也是一個懷疑患上選擇性緘默症的男孩子。

焦慮小知識
選擇性緘默症的基本知識

什麼叫選擇性緘默症？

選擇性緘默症（selective mutism）是焦慮症的一種，主要特徵是在某些社交情境中，患者無法說話，但在其他情境中，他們可以正常對答。例如，一個有選擇性緘默症的孩子可能在家中能與家人無障礙地交流，在學校或其他公共場合卻不願意或不能說話。

那是否代表患者可以選擇說話或不說話？

「選擇性緘默症」的名稱可能會誤導人認為患者是有意選擇說話或不說話。但事實上，這種症狀並不是基於患者的主觀選擇。選擇性緘默症是一種焦慮障礙，患者在特定的社交情境下，例如在學校或與不熟悉的人交往時，可能會感到極度的焦慮或恐懼，導致他們無法說話。

選擇性緘默症是否普遍？多數在什麼歲數的孩子身上出現？

根據來自西歐、美國和以色列的綜合病例研究，選擇性緘默症的盛行率介於 0.47% 至 0.76%。較早的研究報告顯示的盛行率則較低，介於 0.03% 至 0.2%。盛行率不一是因為診斷的不一致性，以及研究人員很少使用標準化評估。

孩子通常在三到六歲的中間會開始出現選擇性緘默症的症狀，而這些孩子通常要到五到八歲入學後才會被發現患病。選擇性緘默症在女孩中更常見，但也有不少男孩子出現同類情況。

不肯說話的男孩

眼前的男孩大概十四五歲，坐在旁邊的是他的媽媽。

一般的青年人，無論怎麼害羞也好，都肯坐在醫生枱旁邊比較近的位置，以便跟醫生有更密切的交流。不過眼前這男孩不肯就範，只肯和媽媽一起坐在離醫生比較遠的長沙發上。

男孩架著一副銀絲眼鏡，乾瘦的臉上保持尷尬的微笑，感覺好像小鳥醫生中學時候一個面容古板的歷史老師，只是眼前的臉孔年輕了不止三十年，有一種形容不了的親切感。

「你好。」小鳥醫生嘗試打開話題，「今年你應該是讀中四，對吧？」

事與願違，男孩保持著尷尬的笑容，一個字也說不出口。

旁邊的媽媽碰了他一下，「醫生在問你呀，快點說，快點說。」

「嗯。」男孩不情願的微微點了一下頭。

「不要緊，不要緊。」小鳥醫生也有點尷尬，只好自己打圓場，「你現在讀什麼科目？」

在小鳥醫生眼前，依舊是男孩尷尬的笑容。

「快點告訴醫生吧。你不是很喜歡你現在讀的科目嗎？」旁邊的媽媽也很緊張。

「我⋯⋯」

「就是經濟和物理對吧？」

「嗯，是的。」終於從男孩口中聽到複雜一點的字句。

「他平常面對陌生人的時候也是這個樣子，對吧？」小鳥醫生翻著男孩的轉介信，「你已做過評估，為什麼要來這裏？直接在中心那兒做訓練不就行了嗎？」

「事實是那邊的李姑娘有一點疑問。」媽媽可沒有選擇性緘默，「姑娘不知道 Alan 到底是選擇性緘默還是社交障礙。」

● ● ●

李姑娘是一個言語治療師，跟小鳥醫生有一面之緣。當時由她撰寫的關於選擇性緘默的小書剛剛出版，恰巧小鳥醫生的一個小學老師家裏也有人有相同病患，小鳥醫生就是在買書的過程中遇上李姑娘。

李姑娘把個案轉介給小鳥醫生，當然不是因為當初這一面之緣。他們言語治療師有一個關於選擇性緘默的治療程序，但是有些

時候，如果病人不是選擇性緘默而是其他疾病，治療程序便未必管用。

　　小鳥醫生的工作，很多時候就是去診斷病人究竟是患上什麼樣的疾病，然後再決定用什麼樣的方法治療。選擇性緘默症有它的一套療程，其他的焦慮症也可能有別的套路。醫生的診斷是第一步，對病人的治療可謂舉足輕重。

選擇性緘默症的診斷

醫生一般怎樣診斷選擇性緘默症？需時多久？

診斷選擇性緘默症通常需要綜合評估，包括與父母、教師和其他專業人員的訪談，以及觀察孩子在不同情境中的行為。診斷一般需時一小時，讓醫生充分了解病人在每一個方面的情況，判斷孩子是否患上選擇性緘默症，還是因為其他原因導致緘默的情況。

那選擇性緘默症有什麼診斷條件？

選擇性緘默症在《精神疾病診斷及統計手冊》(第五版)(DSM–5) 中有明確的診斷標準。以下是 DSM–5 對選擇性緘默症的診斷標準：

1. **持續的沉默：** 在特定的社交場合中 (例如在學校或與同齡人相處時)，患者不會說話，即使在其他場合 (例如在家中) 他們可能說得很多。

2. **影響學業和社交功能：** 沉默干擾了學習或社交功能。

3. **持續性：** 沉默的情況至少持續了一個月 (不包括初初踏入學校或社交場合的第一個月)。

4. **情況不是由不熟悉的語言或文化引起。**

5. **不是其他精神障礙的一部分：** 沉默不是由於自閉症譜系障礙、精神發育遲緩、其他溝通障礙或其他精神疾病所導致。

是選默還是社交恐懼？

　　為什麼會混淆選擇性緘默和社交恐懼？因為兩者實在太過相似。

　　無論孩子患上選擇性緘默還是社交恐懼，表面上的表現都相當相似。兩者看上去都是非常害羞，見熟人沒什麼問題，但見到其他人會非常焦慮。

　　社交恐懼症的患者，遇上令自己緊張的社交場合，除了焦慮的想法之外，身體還會出現各種各樣的症狀，包括肚痛、噁心、冒汗等。他們可能也會說話，但是在說話之前，很多都已經跑到廁所去。

　　那麼選擇性緘默症的患者呢？是不是不作聲就是呢？如果在某些場合發了一句聲，是不是就代表不是選擇性緘默，而是其他種類的焦慮症？

　　「那麼孩子是在什麼情況下不作聲呢？」小鳥醫生繼續問診。

「在學校當然不作聲。有時候過年過節，見到不那麼熟悉的親人，也會是這個樣子。」

「他是完全不作聲，還是在一些時候也會像剛才一般，開金口說一兩句句子？」

媽媽皺了皺眉頭，想了一想：「學校的老師跟我彙報，他在學校的確沒有多作聲。但在其他時候，也偶爾會發一點聲。上次在李姑娘那兒也是如此，所以才懷疑他不是選擇性緘默，而是社交恐懼症。」

「你說呢？」小鳥醫生頭一轉，眼睜睜的看著小男孩，「現在的感覺如何？」

小男孩依舊害羞，沒有什麼反應。

「現在有沒有緊張？」

小男孩微微的點一點頭。

「是非常緊張還是一點緊張？」

一旁的媽媽插了嘴：「我過往也問過他許多遍。他在社交場合的確有點緊張，但不是非常嚴重，身體也沒有其他不舒服。」

「媽媽說的對不對？」小鳥醫生依舊看著小男孩。

「嗯。」小男孩又發出了一下聲音。

　　小鳥醫生點了點頭，沒有親口回答小男孩究竟是社交恐懼還是選擇性緘默，手裏卻在抬頭拿來一張白紙，在紙上畫了簡單的一筆。

　　是一條長得像聖誕鐘的曲線。

焦慮小知識
選擇性緘默症與害羞的分別

選擇性緘默症不是社交恐懼,那是否單純是害羞而已?家長有什麼其他方法判斷孩子是否單純的害羞?

選擇性緘默症和害羞之間有一些關鍵的區別,家長可以根據以下四點做出判斷:

1. **性格特質:**害羞是一種正常的性格特質。害羞的人可能在所有情境中都比較安靜和保守;選擇性緘默症的患者則會呈現出「雙重性格」,他們在某些情境中可能完全不說話,而在其他情境中則可以正常交流。

2. **適應時間:**害羞的人需要一段較短的時間(稱為「熱身時間」)就能適應新環境或人群;選擇性緘默症患者可能需要更長的時間才能適應。

3. **回應問題:**害羞的人即使害羞,仍然可以回應問題;選擇性緘默症患者在某些環境則可能完全無法回應問題。

4. **身體動作:**害羞的人的動作不會因為焦慮受到太大的影響;選擇性緘默症患者在某些情境下,動作可能變得僵硬或凍結。

那害羞的孩子會否較容易出現選擇性緘默？還是有其他原因會造成選擇性緘默？

選擇性緘默症的出現可以受到多種因素的影響，而害羞的孩子確實可能更容易出現這種症狀，特別是如果孩子在不熟悉的情境中經常感到恐懼並刻意回避，往後出現選擇性緘默症或其他焦慮障礙的風險會更高。

研究也發現，選擇性緘默症、社交退縮和社交焦慮在家族中具有遺傳性，也有發現特定的基因變異與選擇性緘默症和社交焦慮障礙有關。患有選擇性緘默症的兒童也較常出現語言發展遲緩的情況。大多數患有選擇性緘默症的兒童的智商在正常範圍內，而當中也有部分同時出現自閉症的各種症狀。

除此之外，環境因素也跟選擇性緘默的形成有關。在雙語環境成長的孩子，患上選擇性緘默症的風險較一般人高。另外，在人生的過渡時期，比如升班上學，或者面對新的朋友同學，也可能觸發選擇性緘默症症狀的出現。

逃避可恥也沒有用

中國人有一句話：「在哪裏跌倒就在哪裏站起來。」這其實有相當的道理。

當然，不是說要成功就一定要這樣做。成功有很多的方法，也有很多的方向。有說：「Success is a function of surface area.」要成功，未必要在跌倒的地方站起來，而是要探索有什麼其他的地方可以到達目的地。

不過，「在哪裏跌倒就在哪裏站起來」，對於治療焦慮症而言卻是非常重要。

所謂的焦慮症，就是面對日常常見的各種情境，身體會出現不尋常的反應。面對這些壓力和反應，逃避是一種方法，但這些情境出現得實在太過頻繁，慢慢患者避無可避，最後只好選擇求醫。

處理焦慮，逃避沒有用。恰巧，對於選擇性緘默症患者而言，逃避卻是一種慣常使用的方法。

醫生把手上畫好了曲線的白紙遞給男孩的母親看。

「這個是⋯⋯」媽媽有一點猶豫。

小鳥醫生知道自己的畫功不好，結結巴巴的解釋：「這是我們面對壓力時心中的緊張指數。」

男孩和媽媽專注的聆聽。

「你的孩子每當面對不熟悉的人，或者不習慣的社交場合，身體的焦慮程度便會不斷攀升，就像這條曲線的初期一樣。」

小鳥醫生的手指從曲線的底部慢慢往上移動。

「到了這個地方，」小鳥醫生的手指接近聖誕鐘曲線的頂部，「一般人便會感到身體非常不適，想逃離現場，逃離製造不安的原點。」

男孩的媽媽點了點頭，似懂非懂的樣子。

「對於選擇性緘默的孩子來說，到了這個頂點，他們逃跑的方式跟其他人不同。」

「怎麼樣的不同？」

小鳥醫生順勢續道：「他們只管閉上嘴，好像這樣就是離開了現場一樣，不參與交談就沒有焦慮。」

　　小鳥醫生把紙放在枱上，然後用筆在剛才的頂點上往下畫上一條直線。

　　「就是這個樣子。離開了現場就沒有焦慮，焦慮的指數便斷崖式的往下跑。所以剛才問你的孩子有沒有緊張，他其實並沒有很緊張，原因就是這個。」

　　「但這不就解決了問題了嗎？」媽媽忽然之間有一點想不通。

焦慮小知識

面對壓力的焦慮曲線

醫生畫的曲線究竟長得怎麼樣？可不可以解釋得清楚一點？

對於許多人來說，當首次面對一個恐懼情境時，焦慮可能會迅速上升至一個高峰，然後隨著時間的推移和持續的暴露，焦慮會逐漸減少。只要熬過這個過程，下一次面對同樣情境的時候，頂峰焦慮的程度便會比第一次低一點。

面對恐懼時焦慮情緒隨時間的變化

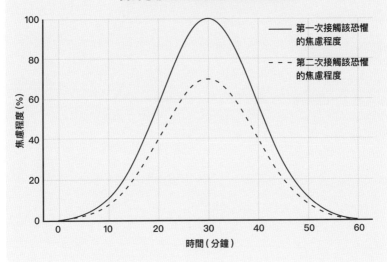

選擇性緘默症的孩子也一樣。不同的地方是，當焦慮上升到某一個程度的時候（例如下圖的焦慮程度達到80%），選擇性緘默症的孩子會用沉默逃避，焦慮的程度便會斷崖式的從下圖中的虛線往下跑，甚至患者完全不會感到焦慮。這好像解決了問題，但到了下一次感到焦慮時，孩子還是會默不作聲。

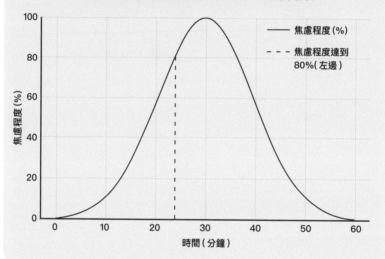

面對恐懼時焦慮情緒隨時間的變化（鐘形曲線）

克服選默還是要面對

用逃跑來處理焦慮有沒有用？短期有用，長期沒有。

就像有些人很害怕某種東西，比如說蟑螂，他們每次見到蟑螂時腎上腺素指數都會激增，表現得非常焦慮緊張。身體出現這種反應，大多數人可能會逃跑，可能會閉上眼睛，可能會叫身邊的朋友或親人給處理掉。這些行為沒錯是會減少當刻的緊張，但是下一次見到蟑螂的時候，身體出現的焦慮反應也會有增無減。

「沒錯。」小鳥醫生假裝對病人媽媽的問題表示贊同，「你說得非常對，當下是沒有焦慮，但是下一次面對同樣的社交情況，孩子還是會焦慮，還是會用同樣的逃避方法去面對，所以還是會不作聲。」

男孩的媽媽好像懂了點，「那麼，這個……我們該怎麼辦？」

小鳥醫生在紙上畫了第二條曲線。第二條曲線跟第一條非常相像，不同的地方是第二條曲線好像扁一點，高峰的位置沒第一條的那麼高。

「有時候如果我們沒有逃避，」小鳥醫生指著自己畫的曲線，「過了五分鐘、十分鐘、一個小時，緊張的程度終究是會降下來的。下一次如果我們遇到同樣情況，未必會像第一次那麼焦慮，就像第二條曲線一樣。」

「你的意思是⋯⋯」男孩的媽媽有一點疑惑。

「就是說，你孩子的問題是由於焦慮所致。每一次他碰上不熟悉的人或者陌生的社交場合，不作聲是他的逃避方法。要令他的情況好轉，就要逐步鼓勵他在面對緊張情況的時候，嘗試開一下口，哪怕只是發出一點聲音也好。那麼下一次面對同樣情況時，焦慮的程度總會下降一點。」

●●●

「這個⋯⋯這個⋯⋯」媽媽越聽越迷惘，「那我們應該怎樣做？怎樣去鼓勵他？」

「這工作暫時不該由你們去做。」小鳥醫生哈哈笑了兩聲，「你們不是由中心轉介過來的嗎？我先寫一封信給你們帶過去，讓他們給你的孩子做一點訓練看看。」

「那就是說⋯⋯」

　　「對。」小鳥醫生好像看穿了媽媽的想法,「你的孩子患上的是選擇性緘默症。診斷不是基於他到底有沒有作聲,而是在於他是否慣性的用不作聲這種逃避的行為去處理在社交場合面對的焦慮。」

　　「原來真的是選擇性緘默症。」男孩的媽媽點了點頭,「那除了訓練之外,有沒有藥吃?」

　　「也可以試試服用一點血清素去降低他焦慮的程度。但這有可能產生一點副作用,比如說肚痛、頭暈、頭痛等。一旦副作用嚴重,可以立刻停服,然後告訴我們。」

焦慮小知識
選擇性緘默症的藥物治療

醫生一般會使用選擇性血清素再攝取抑制劑 (SSRI) 作為治療選擇性緘默症的藥物，很多時候為了易於跟病人溝通，都會簡稱為「血清素」。SSRI 可以增加大腦中的血清素水平，繼而令患者的心情和情緒變好。常見的 SSRI 包括 fluoxetine(氟西汀)、sertraline(舍曲林) 和 escitalopram(依他普崙)。要注意的是，儘管 SSRI 在治療兒童的抑鬱症上已經得到美國食品和藥物管理局 (Food and Drug Administration, FDA) 的批准，但它們還沒有被 FDA 批准用於治療兒童的選擇性緘默症。醫生一般都是按照個別情況，憑自己的專業判斷作 off-label(藥品仿單標示外使用)[2] 處方。

SSRI 可以有效地減少與選擇性緘默症相關的焦慮，從而幫助兒童更容易地進行治療和訓練。然而，單靠藥物治療並不足夠，結合行為和認知療法是非常重要的，因為這可以幫助兒童學習和練習說話和社交技能。藥物可以加快這一過程，使兒童更快地適應和作出反應。

在服用藥物的實際操作上，醫生建議至少持續六個月的藥物治療。這段時間足以使大多數兒童的焦慮減少，從而增強他們的信心和社交能力，減少選擇性緘默症的復發風險。SSRI 有可能出現的副作用包括頭痛、腹瀉、乏力和失眠。有些時候，孩童在服用之後的頭幾天會感到更加焦慮，甚至有自殺的念頭。開始治療時，建議從低劑量開始，並根據醫生的建議進行調整。家長也需要密切留意孩童情況，一旦出現問題應當盡早求醫。

2　Off-label 是指處方藥物用於未經批准的病症上，這個做法很常見，只要不違反道德準則和安全規定均屬合法。

徒勞無功的嘗試

病人在覆診與覆診之間的日子，從醫生的角度來看，並不是許多人以為的空白一片。

醫生在這段時間其實相當焦慮，尤其是病人第一次面診之後。醫生剛開了藥，卻不知道病人服藥後狀況如何，不知道他們的情緒會否轉好，也不知道藥物於他們會有什麼副作用。

為了解決這個問題，在第一次面診之後的一兩天，診所姑娘都會發一個訊息問候。病人如果有什麼問題也可以主動彙報，免得問題變得嚴重才來補救。

在病人覆診之前的一兩天，醫生也是會有一陣緊張。病人有時候會改期，醫生便會擔心他們沒有足夠藥物；有些病人會取消預約，醫生更會擔心是不是自己的藥出了問題。

●●●

那個患有選擇性緘默症的孩子在這天如期到來覆診。根據姑娘的資料，孩子吃過藥後沒有什麼副作用，自上次以來也沒有什麼特別的問題。

「你好。」小鳥醫生跟過去一樣，用自以為親切的眼神盯著孩子，「最近怎麼樣？」

孩子還是一如以往的尷尬笑容，「嗯。」

「上學怎麼樣？沒有什麼壓力，對吧？」

孩子輕輕搖一搖頭，沒有發出其他聲音。

「那麼藥物呢？吃過之後有沒有不舒服？」

孩子依舊掛著微笑，搖一搖頭，然後害羞地逃避著醫生的眼神，回頭看著媽媽。

「嗯嗯。」小鳥醫生點了點頭，「孩子在中心那邊好不好？訓練有沒有進展？」

媽媽的回答卻出乎意料之外。

「我們沒有去做訓練，因為這陣子沒空，加上他跟我們說吃藥後緊張的情況確實是減少了，所以我們……」

小鳥醫生看上去也有點緊張，盯著男孩的媽媽，等待她的交代。

病人媽媽繼續說：「所以我們便嘗試鼓勵他。你上次說過嘛，不作聲就是逃避，我們就在生活的各方面鼓勵他發聲……」

「那效果如何？」小鳥醫生不斷的點頭，「有沒有一點改善？」

這次輪到男孩的媽媽搖頭，「也是跟過去差不多，學校的老師給他的評價沒有分別。我們也嘗試過跟他外出用膳的時候逼他出聲，最後也是徒勞無功。」

焦慮小知識
治療以外，選默家長可以做的事

除了心理治療和藥物之外，要治療選擇性緘默症，家長還有什麼可以做？

不同的放鬆練習：學習和教導孩子進行不同的放鬆練習，如深呼吸、冥想和瑜伽，可以幫助孩子學會放鬆自己，減少焦慮，並更好地應對社交場合。

建立正面和輕鬆的家庭環境：家庭環境對孩子的心理健康和行為有很大的影響。家長應確保家中的環境是支持性的、充滿愛和理解的。孩子在一個積極和鼓勵的環境中更容易打開心扉和他人交往。

控制自己的情緒和焦慮：家長應該要意識到自己的情緒和焦慮可能會影響到孩子。當家長表現出焦慮情緒或過度擔憂的時候，孩子可能會感受到這些情緒，並模仿家長的行為。家長應該學習如何控制自己的情緒，並確保在孩子面前表現出冷靜和積極的態度。

與老師和學校緊密合作：透過與老師和學校定期聯繫，家長可以更加清楚孩子在學校的表現，以幫助孩子在學校環境中感到更加舒適。

認識選擇性緘默症：家長應該了解選擇性緘默症的症狀和各種治療方法，以便更好地理解和支持孩子。

社交環境的焦慮分數

大家有學過音樂嗎？

小鳥醫生兒時學過鋼琴，不過不用功，中學之後就漸漸忘掉了。到了最近有點後悔，便買了一部電子琴回家，希望可以彌補這個遺憾。

雖然說技巧已經忘掉，但把初學者的琴譜拿來彈，爛船也有三斤釘，確實是沉悶得很。彈著彈著，趁著熱情還未消耗盡，突發奇想買了本看起來非常艱難的樂譜挑戰自我。

樂譜買了回來，卻發現遠超自己的程度。以為自己智力無限能夠越級挑戰，到了最後，卻只完成了幾個 bar 便打退堂鼓。睡了一覺，往後的幾個晚上，也沒有了當初的熱誠，心思都放到其他地方去。

「讓我們做一個紀錄吧。」小鳥醫生隨手拿出了一張白紙。

「什麼紀錄？」男孩的媽媽突然之間反應不過來。

「就是記錄一下孩子在不同環境的緊張程度。」小鳥醫生手執墨水筆開始作勢書寫，「如果 10 分為最焦慮，在學校面對同學的時候，你的焦慮程度是幾多分？」

孩子的嘴巴好像動了一動。

「他好像是說 6 分。」男孩的媽媽幫他回應。

這次是男孩第二次見小鳥醫生，緊張的程度應該比上一次低，多說幾句話也是正常發揮。

「是 6 分對吧？」小鳥醫生看著孩子。

孩子點一點頭。

「那麼對老師呢？」

「8。」孩子這次的聲音清楚了點。

「那麼見到不熟悉的親人呢？比如說婆婆，焦慮的程度又是如何？」

寫著寫著，沒多久一張白紙便寫滿了不同的場景和對應的焦慮分數。

場景	焦慮分數（最高 10 分，最低 1 分）
在群組聊天室發言	3
跟表姐妹談話	3
跟婆婆談話	4
外出點餐	5
上學面對同學	6
回答老師問題	8
在課堂上演講	10

小鳥醫生拿著白紙，好像很是滿意的樣子。迷惑的卻是男孩和他的媽媽，不知道白紙上寫的到底有什麼意義，這些對治療又有什麼幫助？

焦慮小知識
鼓勵孩子開口的方法

有些時候，面對選擇性緘默症的孩子，即便用盡九牛二虎之力，也無法鼓勵孩子開口。這難題對於教學工作者和治療師來說更是常見。以下是在不同的情況和狀態底下，鼓勵孩子開口的方法：

情境一：孩子完全不作聲，沒有任何語言和非語言的溝通

我們可以投其所好，讓孩子感到舒適和被尊重。喜歡藝術的孩子，我們可以嘗試通過繪畫和製作手工藝品親近他們。喜歡讀書的孩子，老師或治療師可以試試讓他們專心聆聽故事，並鼓勵他們問問題或分享他們的想法。有很多孩子喜歡磁鐵和彈珠，治療師可以跟孩子一同構思和製作彈珠遊戲。老師也可以試試安排寶物狩獵，在教室裏隱藏物品，讓同學輪流尋找，鼓勵孩子與他人互動和合作。另外，老師也可以讓孩子給他人分發餐巾紙、紙張或鉛筆等，增加孩子與他人溝通的機會。

情境二：孩子能夠以非語言方式溝通

當選擇性緘默症的孩子開始通過非語言方式與他人交流，這是他們跨出舒適區的第一步。我們可以設計模仿遊戲，遊戲之中，他們可以嘗試模仿別人的動作或聲音，成功的話再作鼓勵。我們也可以跟孩子齊聲吟唱，讓孩子有機會先小聲地和聲合唱，當他們嘗試開口之後，可以鼓勵他用正常的聲量一起高唱。我們也可以問孩子一些有趣的問題，逗孩子笑之餘，也可以減少他們焦慮的程度。我們也

可以多問一些封閉式問題 (close-ended question)，讓孩子透過指點、點頭或搖頭來回應，然後鼓勵他們口頭回答問題。

行為描述 (behavioral description) 也是一種重要的技巧，幫助孩子專注於當前的活動，並鼓勵他們口頭表達。就像體育解說員描述比賽的過程一樣，我們可以描述孩子的每一個動作，令孩子感到被認可的同時，還有效擴大他們的詞彙庫。

打破緘默的第一關

「這張紙其實非常重要。」小鳥醫生終於開金口。

不只孩子緘默，連媽媽也加入一塊兒緘默，等待著小鳥醫生的解釋。

「處理焦慮，有時候跟學習一樣。你有學過音樂嗎？」小鳥醫生想起自己最近學鋼琴的事兒。

男孩輕輕的點著頭，「有。」

「是什麼樂器？」

孩子咧開嘴尷尬的笑。媽媽補充了一句：「是長笛。」

「學哪種樂器沒什麼所謂，但克服焦慮跟學習樂器的技巧其實差不多。你如果一下子去演奏很高深的樂曲，非但不能成功，還會對音樂產生畏懼。」

「你的意思是⋯⋯」媽媽可能沒有學過音樂，一時三刻理解不到。

「或者以讀書為例吧。中一入學的學生，如果一下子上中三的課，他也適應不了，兩三天後便會辦理退學手續。」

「所以就是……」媽媽嘗試整理自己的思緒，「就是不能一步登天？」

「對。要適應社交帶來的焦慮，不能一步登天。要找符合自己程度的場景去克服，這張表所寫的，其實是一份計劃書。」

媽媽好像明白了些什麼，急著補充小鳥醫生的話：「就是讓他循序漸進、一步一步地克服焦慮，讓他在不同的場景之中嘗試開口？」

小鳥醫生滿意的點頭。

「所以我們早前給他的挑戰沒有用，是因為難度太高，所以要先嘗試難度低一點的？」

小鳥醫生繼續滿意的點頭。

「那我們就從群組聊天室發言開始，鼓勵他在群組中發一兩個訊息……」

「或者可以這樣。」小鳥醫生靈光一閃，「他平常喜歡做什麼事情？」

「他就是喜歡打遊戲，整天打那個什麼的『Road Box』……」

「Roblox！很多青少年也很喜歡這個遊戲。可以試試鼓勵他，在網上跟別人對戰的時候，跟對方說一兩句話。」

「但是……」孩子媽媽好像有點難言之隱。

小鳥醫生耐心的等待著。

「但是他好像只喜歡跟電腦玩……」

「試試鼓勵他，跟真人對戰吧，其實玩起來沒有多大分別，習慣了再跟別人說兩句話。如果成功了，就給他多一點 screen time 作為獎勵。」

焦慮小知識
暴露療法與選擇性緘默症

要孩子寫這一份「計劃書」，是一種什麼樣的療法？

這叫暴露療法 (exposure therapy)，是一種認知行為療法。這方法的核心理念是有系統地逐步將病人暴露於他們害怕或避免面對的情境中，以便他們可以學習和重新評估這些情境的真正威脅性。

對於選擇性緘默症的孩子來說，暴露療法可以幫助他們逐步適應和面對他們害怕或避免的社交場合，例如在學校說話或在新的環境中與人互動。治療初期，孩子可能會被引導進行一些較為簡單和不那麼具威脅的社交互動；隨著時間的推移，這些互動會逐漸增加難度，例如鼓勵孩子在小組中說話或參與班級活動。

家長們也要注意，在暴露療法的過程當中，我們要讓孩子經歷他們一直以來害怕的情境，並意識到其實並不如他們想像的那麼可怕，家長也要持續給予正面回饋。通過反覆進行適應練習，孩子的焦慮水平會慢慢降低，更有信心和勇氣在各種社交場合中開口說話。

家長可不可以在家跟孩子先寫一份計劃書？有什麼常見的社交情境可以跟孩子討論？

當然可以。孩子在家放鬆一點，計劃書的內容會更為精準，如果父母願意參與的話也是一種好方法。以下為計劃書的常見情境，以及選擇性緘默症孩子在不同社交情境下的恐懼評分：

社交情境	恐懼分數 （最高10分， 最低1分）
在學校的小組課堂中與老師交談	10
在學校單獨與老師交談	10
在學校單獨與同儕交談	9
父母在場時，在學校與老師交談	8
父母在場時，在學校與同儕交談	7
父母在場時，在家與不熟悉的成人交談	6
父母在場時，在家與熟悉的成人交談	5
父母在場時，在家與同儕交談	4
在家單獨與同儕交談	3

逐漸進步的秘訣

往後的幾次覆診，其實沒什麼特別，跟小鳥醫生預期的差不多。

為什麼沒什麼特別？因為很多的焦慮症，尤其是選擇性緘默症，即便孩子一直服藥，配合專業的訓練，康復還是必須要循序漸進，欲速則不達。

孩子的確一步一步的好了起來。家長雖然還是沒有時間去中心為孩子報名參加培訓，但經過上次指導過後，家長把訓練的地方由診所搬到日常不同的環境和場合，盡量利用不同的情境，鼓勵孩子發聲。

一開始是網絡上的群組，適應過來後，便嘗試跟自己熟悉的親人說多一點話。男孩的父母也感覺得到男孩一點一滴的進步，便繼續用小鳥醫生的方法，循循善誘。

●●●

記得有一次覆診，男孩的父母所進行的獨家訓練碰到了樽頸。

「醫生，最近情況還是差不多。我們想讓他外出用膳時點餐，」男孩的媽媽有點困惑，「不過無論怎麼鼓勵，面對陌生的侍應，他也是默不作聲。」

「你都是在一旁陪同他點餐吧？」

「是的。」

「有沒有什麼情況，比如說，沒有你們在場的時候，他也有機會單獨去吃飯？」

媽媽想了一想：「也有也有，附近有一家外賣，他很喜歡吃……」

「這樣就好了。」小鳥醫生有一點興奮，「多叫他單獨去買這家的外賣。有你們在，永遠有後盾有靠山。要克服焦慮，有時候總是要多一點壓力，少一點退路。」

●●●

人是要有一點壓力才會進步，不過壓力不要太大，面對的挑戰不要太難，才會慢慢變得更強。

聽過小鳥醫生的建議之後，男孩的父母多了叫孩子獨自去買外賣，畢竟那家外賣是自己的心頭好，想吃到便必須要衝破恐懼。過

了沒多久，孩子的情況便產生了明顯變化，不僅能夠向陌生人下單買外賣，對不那麼熟悉的人也說多了話。

男孩的媽媽也很滿意，對於小鳥醫生而言，每次覆診也逐漸變得輕鬆。眼見男孩每次都有進步，小鳥醫生也不用花太多心思去琢磨如何令孩子變得更好。

這天小鳥醫生如常在診所診症，而選擇性緘默症的男孩並不是在這天覆診，但在下午的一段空閒時間，診所的姑娘收到了選默症男孩媽媽的一通電話。

焦慮小知識
鼓勵孩子繼續發聲的技巧

孩子開口了，老師和治療師有什麼方法可以讓他多說一點？

當選擇性緘默症的孩子開始說話，這是一個重要的突破。在此階段，我們的目標是鼓勵他們更自信地使用語言。

我們可以鼓勵孩子耳語：「你可以在我的耳邊悄悄說，不用看著我。」當孩子能夠舒適地耳語時，我們可以增加耳語的距離，或用衛生紙或廚房紙的紙筒來傳話，鼓勵他們提高音量。也可以讓孩子多進行吹氣、吹口哨等練習，以增加他們的嘴巴和呼吸活動。有些情況下，可以跟孩子做木偶戲，或者扮演各種動物聲音，讓他們體會到發聲的趣味，增強孩子發聲的動機。錄音也是有效的方法，我們可以嘗試叫孩子錄下自己的聲音，讓他們習慣聽到自己的聲音，從而減少發聲帶來的焦慮。

我們也可以使用反射(reflection)技巧，這種聆聽技巧可以讓孩子感到被理解和接受。通過簡單地重複或轉述孩子的話，可以讓孩子知道我們有用心的在聆聽他們，這也是尊重他們感受的表現。例如，當孩子說餓了的時候，我們可以回應：「噢，對！你說你餓了！」

有什麼方法鼓勵成功發聲的孩子？

適當的鼓勵有助增強孩子往後發聲的動機和信心，正確獎勵孩子可以鼓勵他們繼續進步。鼓勵的方法有以下要點：

1. **獎勵的形式：**根據孩子的進步和努力，為他們製作貼紙圖表作為獎勵。這不僅是一個有形的獎勵，還是他們努力的紀錄。我們也可以嘗試了解孩子的興趣，並使用這些興趣為他們制定特定的獎勵。例如，如果孩子喜歡某個特定的動畫角色，可以給他們相關的玩具或禮物。

2. **獎勵的地方：**即使孩子在學校或者其他地方取得了進步，也可以在家中為他們提供獎勵。這確保了他們每次的努力都能得到認可。

3. **獎勵的反應：**給予孩子正面的口頭反饋，但請注意不要在大眾面前稱讚他們，以免增加他們的壓力。你可以私下告訴他們自己的心裏話，讓他們感受到你的喜悅。當孩子成功發聲時，我們不需要過度反應，一個簡單的擊掌，或在事後遠離其他人時才給予讚美，使他們意識到自己的努力得到了認可。

4. **獎勵的語句：**口頭反饋需要具體、明確地表揚孩子的行為，以增強孩子持續發聲和進行特定行為的意願，例如：「你剛才發聲回答我的問題，我很高興！」或者「我很喜歡你在告訴我那件事時有看著我」。

令病情倒退的事情

「你好，小鳥醫生醫務所。」

「你好啊，姑娘。」

「啊，我記得，你是 Alan 的媽媽。有什麼我們可以幫助你？」

「沒有什麼，但有點事想找醫生談一談。」

　　一般來說，醫生不會在電話直接跟病人或者家長談話。姑娘會詢問病人的來意和情況，然後彙報給醫生，再由醫生決定下一步的行動。

「有什麼事？醫生在忙，我先給你記錄下來。」

「其實是這樣的，孩子在學校裏發生了大事，我一時三刻也嚇壞了，所以就打電話來跟你們說說。」

「這樣……是什麼事？」姑娘也有一點被嚇壞。

「就是學校裏發生的事。他在學校被老師罰，現在想起來也有一點複雜，不如……」

　　姑娘好像看穿了媽媽的心意，「不如明天下午來見一見醫生？剛好預約未滿，可以替你安排一下。」

●●●●

　　翌日，只有媽媽單獨到來，未見選擇性緘默症的男孩一起覆診。

　　「對不起，對不起。」孩子媽媽也知道有一點奇怪，「孩子今天學校裏有課外活動不能到來。」

　　「沒有問題。但到底發生了什麼事？」

　　「其實是這樣的，這跟他的選擇性緘默症沒有關係，但還是令我非常擔心這件事會不會導致他的選擇性緘默症惡化，令幾個月來的努力前功盡廢。」

　　「你的意思是……」

　　「他在學校因為把自己的功課給別人抄，被訓導主任責罰了一番。這個月他好不容易才跟一兩個同學有半句話聊，我擔心這件事情……」

　　「會令他害怕上學，害怕在學校再次發生不快事件對吧？」小鳥醫生接著說。

●●●●

記得小鳥醫生非常小的時候，有一次在電話抄別人的功課，碰巧被母親捉到，於是被她嚴厲的責罰了一番。從此以後小鳥醫生再也不抄功課，自己的事自己做。

但把自己的功課給別人抄，卻又是另一回事。

記得那時候是高中預科，功課的難度有時候真的不低，班上的同學有時候會請教小鳥醫生。小鳥醫生也相當慷慨，不但會親自去教，還會把整份功課給同學「參考」，過程中卻從來沒有出現任何問題。

有說：「出貓不要太高分。」那個時候沒有出過事，可能就是同學也知道這一個道理，「參考」的時候會加上一點自己的意見，呈現一點不同的地方。但也有可能是老師早就發現，不過隻眼開隻眼閉，沒有認真處理事情罷了。

「把功課給別人『參考』，確實是不太對。」小鳥醫生診症的時候也要政治正確，「但其實也不是什麼大奸大惡的事情。」

「對呀，對呀。何況真不知道是他自願還是被迫，他昨天放學後，被留校兩個小時，我真不知道他自此怎樣面對同學和老師，這樣會不會留下陰影？」

焦慮小知識
緘默的其他原因

選擇性緘默症的治療成功率是多少？什麼病人較難痊癒？

根據一項研究[3]，三十名平均年齡為六歲的選擇性緘默症孩子，在接受認知行為療法治療的五年後有以下表現：二十一名孩子完全康復，五名孩子部分康復，而有四名孩子則依然符合選擇性緘默症的診斷標準。根據老師和家長的評估，治療成果具有持續性，大部分孩子在家庭之外都能夠說話，但仍有 50% 的孩子認為在家以外說話是一個挑戰。研究還發現，年齡較大、初時症狀較嚴重，以及家族中有選擇性緘默症病史的孩子，完全康復的機率較一般人低。

孩子接受治療已有數個月，為何還是沒有進步？

當患有選擇性緘默症的病人經過長期的治療仍未見好轉，我們必須仔細考慮其他潛在原因。

智能障礙可能會使孩子在理解或處理語言和社交互動方面遇到困難，他們可能會感到沮喪或焦慮，導致他們選擇保持沉默。

自閉症可能會影響孩子的社交技能和語言發展。這些孩子可能會發現維持眼神接觸或理解非語言訊號更為困難，這可能使他們跟他人交談時感到不自在或不知所措。

表達性語言障礙意味著孩子可能會在語言生成和組織上遇到困難，

---

3 Oerbeck, B., Overgaard, K.R., Stein, M.B. et al. (2018). Treatment of selective mutism: a 5-year follow-up study. *European Child & Adolesc Psychiatry, 27*, 997–1009. https://doi.org/10.1007/s00787-018-1110-7.

使他們難以清晰地表達自己的想法和感受，因此，他們可能選擇不說話以避免遇到困境或感到羞恥。

情緒病，例如抑鬱症，可能會導致孩子持續的情緒低落，使他們不願意或無法進行社交互動。孩子可能會感到過於沮喪，無法與周圍的人交談。

聽力障礙也可能是一個因素。如果孩子無法正確地聽到或理解他人的話語，他們可能會選擇不回應或不參與對話。

家庭環境和父母的行為也可能會影響孩子的言語行為。有時父母可能會無意中透過負面增強(negative reinforcement)來鞏固孩子的緘默行為，例如每當孩子選擇不說話時，過多的關注或獎勵可能會使孩子認為保持沉默是一種獲得關注的方式。

訓導主任的另類療法

要克服恐懼和焦慮，主要的心理治療手段一般都是漸進暴露法 (graded exposure)，也是小鳥醫生一直讓選擇性緘默症男孩嘗試的方法。

這個方法有一個好處，就是過程不會給病人造成太大的不適。只要方法正確，配合適當的藥物治療，一步一步，病人的情況一定會慢慢改善。

但有另外一個方法比較有爭議性，那就是滿灌療法 (flooding therapy)。

滿灌療法的原理是這樣的：你害怕蟑螂嗎？我一下子就給你很多很多很多隻蟑螂，令你的恐懼瞬間上天。但不知怎地，過了這一關以後，物極必反，否極泰來，下一次再次面對蟑螂，恐懼便會消失得無影無蹤。

●●●

「你說他被留校兩個小時。」小鳥醫生好像想到了什麼，「過程中間發生了什麼事？」

媽媽一臉無奈，「就是被老師責備，要他承認自己的錯誤。」

「老師不是知道他的情況嗎？」小鳥醫生想起自己曾經給男孩寫過一封信，告訴班主任他的情況，讓學校能夠給他調適。

「那不是每一個老師都知道吧？」媽媽有一點憤慨，「加上訓導老師本來就是這般的嚴厲，恐怕真的會嚇壞了孩子。」

「兩個小時⋯⋯」小鳥醫生自言自語，好像又想到些什麼，「那最後事情怎樣結束？」

「還可以怎樣結束？」媽媽嘆了一口氣，「他們這樣逼迫孩子，最後不就是迫出了聲音來。」

小鳥醫生好像沒有半分同情心，眼神反而出現了興奮的感覺，「他說了些什麼？」

「他只說了『我沒有』三個字。」

「就這三個字？」

「說了兩遍，合共六個字。」

小鳥醫生不斷點頭，既然任督二脈已被打通，小鳥醫生對孩子的狀況也不再擔心，取而代之的是對未來的憧憬。

「其實，」小鳥醫生一臉輕鬆，跟媽媽的憂愁相映成趣，「這件事情未必是一件壞事。對孩子的選默症而言，可能會有意想不到的作用。」

焦慮小知識

關於滿灌療法的歷史和原理

是否真的有滿灌療法？誰發明這種療法？

滿灌療法於二十世紀五十年代末由 Thomas G. Stampfl 首創，在當時是一種突破性的治療方法。這種治療策略強調通過直接讓患者面對長久困擾他們的恐懼，來引發強烈的情感反應。換句話說，滿灌療法通過挑戰和解決患者深埋的創傷記憶，釋放出強烈的情感能量。

在當時，為了找到治療恐懼症的解決方案，Stampfl 進行了一種實驗性的方法。他發現，當恐懼症患者連續六到九個小時沉浸在他們最害怕的情境中，他們的恐懼會顯著減少。另一位重要人物 Zev Wanderer 也看到這方法的潛力，他同時使用生物反饋機器細心觀察患者，特別是在他們聆聽最害怕的事物時的口頭描述及反應，以識別引起患者強烈情感反應的特定短語，並成功地將 Stampfl 的六到九小時縮短到更易於管理的兩小時。

滿灌療法的原理又是怎麼樣？

在理解滿灌療法的原理之前，我們要先了解消弱作用 (extinction)。在心理學中，「消弱作用」是一種學習過程，當一個原先經過配對的條件刺激 (conditioned stimulus) 與非條件刺激 (unconditioned stimulus) 不再一同呈現時，兩者之間引發的條件反應 (conditioned response) 會逐漸減弱和消失。例如，在經典的巴夫洛夫實驗中，當鈴聲（條件刺激）和食物（非條件刺激）一起出現時，狗會流口水（條件反應）。但如果多次只呈現鈴聲而沒有食物，狗流口水的反應會逐漸減弱，直到完全消失。這個過程就是消弱作用。

多數恐懼症是由於某些情境或事物（條件刺激）與痛苦或不愉快的經歷（非條件刺激）之間的聯繫所引起的。舉例說，對選擇性緘默症孩子而言，如果他們曾經在社交場合中遭受羞辱或感到尷尬，他們可能會將這些場合連繫至痛苦的經驗和感受，因此形成了恐懼（條件反應）。

在滿灌療法的治療過程中，患者會被要求想像或回想那些引起焦慮的條件刺激，例如參加社交活動。然而，這次的情境和之前不同，因為這次他們不會遭受任何的羞辱或尷尬情況。換句話說，非條件刺激沒有出現。滿灌療法透過消弱作用來打破條件刺激（如社交場合）和非條件刺激（如被羞辱）之間的聯繫，當條件刺激多次出現而不伴隨非條件刺激時，患者的條件反應（焦慮）會逐漸減弱。經過重複而高強度的治療，患者可以重新學習如何在沒有恐懼的情況下面對他們曾經害怕的場合或事物。

傳說中的 flooding

小鳥醫生很喜歡打遊戲，尤其是 RPG 類（角色扮演）。

在很多 RPG 遊戲之中，玩家都需要打倒不同的敵人，完成不同的任務，然後拿經驗拿道具，一步一步的挑戰更強的敵人。

但有些時候，不知道是遊戲的 bug，還是設計者故意留下的彩蛋，玩家有機會在比較初級的時候挑戰超強的敵人，一旦挑戰成功，拿到的武器道具會令角色的能力變得超強。

而眼前媽媽她那個還在學校的兒子，可能正面對著同樣的情況。

「你之前有沒有聽過 flooding？」

「是什麼？」男孩的媽媽一臉困惑，「是水浸嗎？」

「這是在心理學上處理焦慮的其中一個方法或者現象。老實說有一點像水浸，就是一下子把焦慮症患者沉浸在⋯⋯」

「沉浸在他們害怕的事情當中？」

「就是這個樣子。比如說你的孩子跟老師說話，焦慮的程度可能達到 8 分，跟憤怒的老師說話則有 10 分。」

「但他在這個環境之中兩個小時……」

小鳥醫生接著道：「但最後怎麼樣？」

「怎……怎麼樣？」孩子媽媽還是有一點困惑。

「最後他不是放棄了逃避，發出了聲音嗎？」

「這……」

「我們之前的訓練，也是要他嘗試在相對舒服的環境之中發聲，減少用緘默去逃避焦慮環境的習慣。」

「那現在……」

小鳥醫生從病人的病歷之中拿出了一張紙，那是幾個月前醫生跟男孩討論之後，記錄了社交環境焦慮分數的列表。

「這幾個月，原本孩子在 4 分的環境也出不了聲，但是到了上一次覆診，在 6 分左右的環境也開始能夠克服。」

孩子媽媽不斷點頭，雖然樣子仍有一點困惑。

「但是這一次，孩子他一下子面對著 10 分的挑戰。」小鳥醫生的手指指向紙張的相對位置，「卻在最後成功說出話來。」

「這就是 flooding？是不是代表成功了？」媽媽開始興奮起來。

焦慮小知識

滿灌療法的治療程序

當時滿灌療法是如何進行？過程是怎麼樣？

開始治療前，治療師會進行兩至三次面談，以評估患者的恐懼狀況並制定治療計劃。為確保患者明白治療的理念，治療師會解釋滿灌療法的理論和基本原則，亦會特別強調避免面對恐懼可能會導致恐懼情緒升級和擴散。

在正式的治療程序開始之前，患者會參加一些中性的意象練習，因為此療法的核心部分涉及使用意象技巧。在治療師的引導下，患者閉上眼睛並想像各種造成恐懼情緒的情境。患者將會被要求像演員一樣表現出特定的情感和情緒，從而更深入地體驗情境。治療的過程中，治療師會讓患者沉浸在他們想像的情境中，真實地體驗情感。

治療師會根據患者的情感反應來決定是否繼續使用該意象技巧。有效的意象技巧將被保留，無效的將被替換。治療會持續進行，直到恐懼的情感反應得到釋放和症狀減少為止。在進行治療的一到十五小時內，大多數患者的症狀通常會顯著減少。

滿灌療法的意象技巧可以分為四大類：

1. 跟症狀相關的意象

2. 當患者面對與症狀有關的意象時，他們出現的思想、感受和身體感覺

3. 當患者面對與症狀有關的意象時，治療師假設患者會出現的思想、感受和身體感覺

4. 治療師假設患者其他相關的深層恐懼

所謂的意象技巧有點虛無縹緲，以下舉一個比較實質的例子。

比如說，有病人對社交感到極度的恐懼。他的第一類意象可能是參加派對或社交聚會的情境。當面對這樣的場合時，他說他總是擔心自己會做出尷尬的行為或說出尷尬的話（第二類意象）。治療師假設他的這種恐懼可能源於過去在公共場合的一次不愉快經歷，例如在眾人面前被羞辱（第三類意象）。在治療的同時，他表現出強烈的自卑感，治療師推測他的社交恐懼可能與另一種深層的恐懼有關，即他認為自己不值得被愛或被接受（第四類意象）。

令人沉默的結局

在下一次覆診前的日子，小鳥醫生時不時都會想起這個選擇性緘默症的男孩。

小鳥醫生確實是有點擔心，畢竟理論上只要捱過了 flooding，即捱過了一段非常緊張的時間，而孩子最後能夠發聲，理論上他的情況是能夠得到顯著的改善。

但畢竟理論就是理論，臨床上沒多少人敢做這種治療方法。更何況這一次根本不是小鳥醫生的意思，只不過是陰差陽錯，才讓這種所謂的滿灌療法有機會登場。

日子一天一天過去，可幸的是男孩的媽媽沒有給診所打電話，也沒有給我們發短訊。沒有消息就是好消息，孩子的情況按道理應該至少沒有什麼惡化。

「啊，你好。好久不見。」

終於等到他們兩母子來覆診，看上去孩子還是跟過往沒多大分別。

「好⋯⋯」

作聲的不是孩子媽媽，而是孩子本人。

小鳥醫生點了點頭，用力壓住自己的興奮。畢竟當選擇性緘默症孩子成功發聲的時候，過猛的鼓勵會增加他們的壓力。

「你好啊，醫生。」男孩的媽媽比兒子的回應還遲了一點。

「你好啊，最近怎麼樣？上課還好嗎？」

男孩看一看媽媽，媽媽碰一碰兒子說：「你自己說吧。」

「還⋯⋯還不錯。」

「最近剛考完試，對吧？感覺怎麼樣？」

「對⋯⋯還不錯。」

「那成績怎麼樣？自己滿不滿意？」

「滿意。」孩子肯定的回答。

「你快點跟醫生說說，」男孩的媽媽插了嘴，「自己拿了什麼獎？」

「我拿了⋯⋯」男孩明顯比之前說多了話,「我拿了物理科的全級第一名。」

「這麼的厲害。」小鳥醫生止不住的點頭。

「對呀,對呀。」男孩的媽媽再次興奮的插嘴,「他真的很不錯。上次之後,如你說的一模一樣,真的說多了很多話,學校裏也多了朋友,這真是非常的意想不到。」

●●●

選擇性緘默症在焦慮症之中算是非常難治的一種病。

其他種類的焦慮症,吃了藥以後,孩子至少會舒服一點,表面上的症狀怎樣也會好一點,配合適當的心理治療,十個孩子中有九個都會有令人滿意的康復進程。

但選擇性緘默症不同,除了醫生和治療師的努力之外,最重要的是孩子的父母和學校的老師日復一日、年復一年的努力。他們需要在盡可能多且不同的場景之中,鼓勵孩子說話,孩子才能慢慢地進步。

「磕磕——」

這天中午的時候沒有病人,小鳥醫生正打算睡個午覺,姑娘突然敲門,擾人清夢。

「醫生醫生……」

「怎麼樣？」

「中心那裏剛剛打過來，說有一個新病人想要介紹給我們。」

「好啊，是什麼樣的病人？」

「選擇性緘默症。你半小時後剛好沒有任何預約，方便見他嗎？」

又一個困難的病人。在這一刻，懶惰的小鳥醫生選擇保持緘默，只是點了點頭，然後繼續看看自己能否把握餘下的時間好好睡一覺，準備看這新的病人。

焦慮小知識

選擇性緘默症的常見誤解

很多人還是對選擇性緘默症有誤解，以下再解釋一下吧。

患者是否經歷過創傷才會患上選擇性緘默症？

社會普遍有誤解，以為患有選擇性緘默症的兒童不說話是因為他們經歷過某種慘烈的事件或創傷。但事實上，這些兒童的創傷率與一般兒童相同，選擇性緘默症的形成多是因為其他原因。誤以為選擇性緘默症與創傷相關，可能會阻礙家長不能及時為孩子尋求幫助。

患者是否心裏有秘密？

有些人認為患上選擇性緘默症的兒童有一些不可告人的秘密。但事實上，選擇性緘默症與內心的秘密無關，它主要是與焦慮有關的反應。心裏有秘密，大不了只是不說那秘密，不會什麼都不說。

患者是否有語言障礙？

有人認為選擇性緘默症是由於語言發展出現障礙所導致的。雖然有些兒童可能存在語言障礙，但大多數選擇性緘默症的兒童都有著正常的語言發展，他們在熟悉的地方根本沒有語言障礙。單純地認為所有的選擇性緘默症都與語言障礙有關，可能會導致誤診和不適當的治療。

患者是否只是性格反叛？

在很久以前，選擇性緘默症兒童經常被認為是故意反抗和不合作的。但現在，醫學界認識到選擇性緘默症其實是一種焦慮障礙，它不是兒童故意作出的行為或選擇。反叛的孩童也會有其他問題，例如說謊、欺騙、狡辯、品行問題等，這些問題在選擇性緘默症兒童身上卻較少被發現。

患者是否患上自閉症？

選擇性緘默症的兒童有時會被誤認為是自閉症。兩者之間確實有某些相似之處，例如避免眼神接觸和缺乏社交等。然而，選擇性緘默症的兒童在熟悉的環境中可能沒有社交問題，而在陌生的環境中則變得非常害羞。相反，自閉症兒童的行為在各種情境中都相對固定，幾乎在所有情況也表現出社交方面的困難。

掃描以下 *QR code*，聽聽小鳥醫
生親自講解什麼是選擇性緘默症，
以及有什麼治療方法吧！

第二章

面具下的
焦慮症

久別重逢的小新

「醫生……醫生……」

敲門的當然是診所的姑娘。

「什麼事？」

「小新的媽媽剛剛打電話來，說了很多話。」

「小新？啊，那個小新！」

　　小鳥醫生每天看不少病人，當然不是每一個的名字都記得清清楚楚，唯獨是這一個小新，因為名字和性格跟卡通片裏的小新非常相像，一直印象深刻。

　　「是啊，小新的媽媽說了很多話，我把那些話都記錄下來了，你看看應該怎麼做？」

　　事實上，小新很久沒有來覆診，不是因為他的病已經治好了，也不是因為他不喜歡小鳥醫生，只是因為小新在診所進行了一年多的治療後，現已成功輪候公立醫院，能夠繼續得到醫治。

　　記得兩三個月前最後一次見到小新，心裏也感到有點依依不捨，雖然小新每一次都把診症室反轉，頑皮不堪，但畢竟見證了他每一次的進步，沒有他在的日子，心底裏還是惦念。

　　「他媽媽說了些什麼？」

　　「小新的媽媽說，」姑娘翻開了筆記本，「他最近在學校的行為問題相當嚴重，是前所未有的嚴重，根本控制不了，即便最近加了藥，情況還是沒有好轉。」

　　「原來如此，這樣有點奇怪，要來看一看。」

　　「已經替他預約了，就在明天中午的時候。」

　　好的姑娘是成功的一半，要知道醫生每天看診無數，未必有時間處理每一件事情，做好每一個決定。對待病人態度友善，是做姑娘的首要條件，但能夠預料醫生所想，為醫生減輕工作量，也是非常重要的。

　　除了小新的名字之外，小鳥醫生還記得，小新當初也是因為行為問題來診，當時他才剛滿六歲，小鳥醫生給他的診斷是自閉症，還有專注力不足及過度活躍症 (ADHD)。

焦慮症
少年之 事件簿

自閉症簡介

有很多家長一聽到自閉症便會耍手搖頭,竭力否認自己的孩子是自閉症患者。事實上,自閉症又稱為自閉症譜系障礙(autism spectrum disorder),顧名思義,「譜系」指患者的症狀有嚴重有輕微,也會有不同的表現和症狀。

對於醫療工作者而言,自閉症只是臨床診斷的一個標籤,反映著孩童在某方面存在著發展上的問題。情況就像有些孩子數學比較差,或者語文比較差一樣,只不過自閉症的孩子在社交和溝通方面存在困難。一旦被診斷成自閉症,天不會塌下來,最重要的是讓孩童得到適當的訓練,自閉症孩子跟正常孩子其實沒有多大分別。

自閉症孩子的社交互動能力比較薄弱,即使跟同輩相處,也經常表現得冷漠和被動;有的卻正好相反,表現得過分熱情和積極。他們缺乏情感交流,也不太會跟人分享和聆聽。

他們的溝通能力也比較差,這包括非語言和語言上的溝通。他們眼神接觸不足,缺乏面部表情,需要時不會也不懂使用手勢。他們用字重複和單一,別人聽上去總覺得怪怪的。

他們也比其他小朋友固執,經常過分堅持原則,缺乏彈性,例如堅持上學必定要經過某一條路線,堅持物品必須放在某一個地方等。當事情不如所願,便會激動得大發脾氣。

自閉症的孩子也有行為重複和興趣狹隘的問題。學前的孩子普遍喜歡排列物品、轉動車輪、重複背誦。他們的興趣偏向單一,卻非常深入,傾向可收集的事物 (collectible),例如寵物小精靈、動植物、太空、恐龍、交通標記、巴士路線、地鐵路線等。

他們的感官反應也跟一般孩子不一樣,有些感官比較敏感,有些則比較遲鈍。常見的例子:對聲線相當敏感,稍為大聲一點便會發脾氣;對痛楚感覺遲鈍,間接造成經常咬手指或者撞頭的習慣。

02
想不通為何變壞

「哇──哇──」

這是一個繁忙的星期六中午，小鳥醫生正在看診的時候，門外傳來了小孩的哭鬧聲和腳步聲。

小鳥醫生分了心，眼前的病人診症已達尾聲，自己正在一本正經地向病人介紹將會處方的藥物。聽到外面的聲音，心裏立刻想起姑娘昨天預約了小新待會兒見面。

「好吧，先替你開兩個星期的藥，兩個星期後再來覆診吧。」小鳥醫生匆匆地向病人交代藥物和覆診的安排。

眼前的病人不以為然，畢竟他也有情緒問題，聽到外面傳來的噪音，醫生的話也不太聽得進去，「好的，醫生，這天可以，沒有問題。」

「為什麼……」

在病人離開之後，小鳥醫生左思右想，想的不是剛剛的病人，而是在門外叫嚷的孩子。

之前開的是專注力藥，小鳥醫生在思索小新過往覆診的情況，服藥過後，行為問題的確是有改善。

「即使小新轉到公立醫院覆診，那邊的醫生也一定會開藥，出現問題亦一定會加藥，為什麼情緒會如此激動？」

「咯咯──」

是來自姑娘的敲門聲。

「醫生，醫生，小新準備好了，可以隨時進來。」

「先，先不要，我要再想一……想。」

小鳥醫生有時候是這個樣子，別以為醫生只會在看診的時候思考病人的情況，其實在看診前或平時無聊時也會想關於病人的事，如果印象有點模糊或者回憶不起與病人的對話，害得病人要在外面多等一會也是司空見慣。

ADHD 簡介

ADHD 在學童中是個頗為普遍的疾病。根據不同的研究報告，學齡兒童中大約有 3% 至 7% 患有 ADHD，而男女比例約為 4：1 至 9：1。那就是說，每三十人一班的課室之中，便會有一至兩個 ADHD 的患者，當中很大可能都是男生。

ADHD 全名為「專注力不足及過度活躍症」，症狀分為兩大類，分別是專注力不足，以及衝動與過度活躍。雖然 ADHD 的孩子在成長的不同時間會出現不同症狀，但萬變不離其宗，不同年齡的孩子也會有其共通點。

專注力不足

ADHD 孩子無論在做家課、做家務或者玩耍時，都會難以注意細節，經常犯粗心大意的錯誤。他們難以對當下做的事情保持專注力，保持專注的時間也比同齡的小朋友短得多。面對需要集中注意力的工作，他們不喜歡也不願參與，甚至會刻意迴避。

在上學的時候，老師說什麼他們都好像聽不見，也不能夠完整執行老師或家長的指令，甚至不能依照指示完成作業。隨著年紀漸長，對於一些需要規劃組織能力的工作他們也未必應付得了。

他們極容易分心，容易被身邊的聲音或者正在發生的事情干擾，隨即便會停下手上的工作。他們極度善忘，不太能記住日常生活發生的瑣碎事，也會經常丟失重要的物品，包括銀包、鑰匙，甚至眼鏡。

衝動與過度活躍

在上課或其他需要好好坐下的場合,他們經常會擅自離開座位,或者四處走動攀爬。即使坐在座位上,他們也會手舞足蹈,決不能安靜坐定。他們難以在活動之中保持安靜,總是十分活躍,不能夠停下來似的。

他們比同齡的孩子愛講話,同時間非常愛插嘴,經常打斷別人的話。他們討厭也不能容忍等待,特別是在排隊的時候,又或者在等待別人回答問題的時候。

藥物加了還是沒用

「你好你好。請坐。」

推門入診症室的，當然是小新和他的媽媽。小鳥醫生平時見其他的小朋友，第一眼就是看著孩子，問問他的近況。但小新不同，每一次見小新，小鳥醫生都只會主動地跟媽媽打招呼。

「哇──好像有新的玩具。」小新興奮地跑到診所的角落，彷彿世界只有小鳥醫生新買的寵物小精靈。

其實不是小鳥醫生不想主動跟小新打招呼，是小新從來不給小鳥醫生機會。每一次小新到來，即便小鳥醫生主動問好，他都不會正眼看著醫生，只顧著自己喜歡的東西，一股腦兒地擺弄玩具。

「很久沒見，最近小新怎麼樣？」

坐在小鳥醫生面前的是小新的媽媽。媽媽也沒多理會小新，可能是習慣了他的行為，發現不變應萬變是最好的方法。

「他最近很不好，非常的不好。」

「是在學校出現了問題嗎？」

「對，很大的問題。即便醫院的醫生加了藥，好像也沒有多大的分別。」

「是加了八小時長效的專注力藥？」

「是的，加了點劑量，現在吃 20 毫克長效，中午再加一點 10 毫克的短效。」

小鳥醫生點了點頭，記得從前在小鳥醫生這裏，最初小新只吃四小時短效，分量也不過是 5 到 10 毫克。沒錯，專注力藥是加了，換了小鳥醫生也會這樣做，但還是沒有效果，卻真令人頭痛。

「那另外的一種 aripiprazole（阿立哌唑）呢？現在還有沒有在吃？」

Aripiprazole 屬於抗精神病藥。小新當然沒有精神病，aripiprazole 只是用來幫助自閉症孩子控制脾氣的一款藥物，所用的劑量也遠低於用來治療思覺失調的劑量。

「啊，是之前每天吃半粒的那款藥吧。醫院沒有處方這藥給小新，所以兩個多月前停了，好像也沒什麼問題。」

「停了？」

「最近我們發現還有剩餘的便給他試試，吃了一個多星期，情況還是差不多，應該也沒什麼關係。」

焦慮小知識
自閉症是否能用藥物治療？

自閉症是一種複雜的神經發育障礙，主要表現為社交互動和溝通能力的缺陷，以及重複和局限性的行為模式。雖然目前尚未能通過藥物直接治療自閉症的核心症狀，但某些藥物可以幫助改善其伴隨的行為問題，如易怒、攻擊性和脾氣爆發等。

在前文中提到，aripiprazole可以控制小新的脾氣問題。Aripiprazole屬於非典型抗精神病藥(atypical antipsychotic)，低劑量使用可以減少自閉症兒童的脾氣爆發和攻擊性行為。美國食品和藥物管理局(FDA)已經批准了aripiprazole和risperidone（利螺環酮）可用於治療自閉症兒童的刺激性和攻擊性行為。這些藥物通過調節腦內的神經遞質，如多巴胺和血清素，來達到改善行為問題的效果。

然而，我們必須認識到自閉症的核心症狀——即社交和溝通能力的不足——是發展性的問題。這意味著這些能力的缺陷是由於早期神經發育過程中出現異常而造成的，目前的藥物治療還無法直接解決這些發展性問題。

為了幫助自閉症兒童提高社交和溝通能力，早期的行為干預和訓練非常重要。應用行為分析(applied behavior analysis, ABA)是一種基於行為學原理的治療方法，通過強化和塑造行為來幫助自閉症兒

童學習新的技能，減少問題行為。言語治療則專注於提高自閉症兒童的語言理解和表達能力，幫助他們更好地與他人溝通。這些治療方法需要在兒童早期就開始實施，以達到最佳的干預效果。

總的來說，雖然藥物治療可以幫助改善自閉症兒童的某些行為問題，但它並不能直接解決自閉症的核心症狀。早期的行為干預和訓練，如 ABA 和言語治療，對於提高自閉症兒童的社交和溝通能力至關重要。

前所未見的問題

「原來如此，原來如此。」小鳥醫生輕輕點了點頭，「這樣的話應該也沒什麼關係。」

當初小鳥醫生替這個患上自閉症和 ADHD 的孩子處方了兩種藥物：一種是 aripiprazole，用來處理他的脾氣；另一款是 methylphenidate（哌甲酯），用於改善他的專注力和過動的情況。服藥後，小新的行為問題很快便得到了緩解，也算是對症下藥了。

不過，這一次行為問題再度出現，即使醫院的醫生增加了專注力藥 methylphenidate 的劑量，還是幫助不大；控制脾氣爆發的 aripiprazole 也沒什麼作用，小鳥醫生心想，這次小新的情況應該跟過往有點不一樣。

「小新在學校究竟發生了什麼事？」

「也是這一個月的事。」小新的媽媽神情憔悴，「以前從未出現過如此的事情。」

在小鳥醫生的記憶裏，小新不過是一個頑皮的孩子。上課會跑來跑去，有時候會做一些滑稽的動作引人注意，他偶爾也會發脾氣，令爸爸媽媽頭痛，但這些行為其實不至於太出格，只是會給照顧者一點麻煩。

「他在學校怎麼樣？」小鳥醫生好奇地問道。

小新的媽媽回答：「他在學校的行為真的很奇怪，我每天都收到學校的投訴。比如說，他經常在課堂上吐口水。」

「吐口水？吐在同學身上？」

「未至於這樣，可能是吐在課本上、桌子上，或者是課室的走廊上。同學現在都怕了他，不敢走近。」

「還有呢，還有什麼情況？」

「好像昨天，小息的時候，他無故在學校的走廊爬動。」

「爬動？」

「對，就像一條毛毛蟲一樣蠕動。我訓導了一回，他卻是不以為然。」

焦慮小知識
焦慮的孩子會有怎麼樣的表現？

在成年人的世界中，焦慮症其實相當普遍。其實小孩子也會有焦慮的情況，但他們未必說得出來。有時候焦慮會轉化成行為問題，家長未能及時意識到問題，還以為是小孩頑皮，殊不知那竟是焦慮症狀之一！

根據研究，每一百個小孩子當中，大概有五個（即5%）曾經出現焦慮症狀。不過因為文化差異，焦慮症在國與國或地區之間的盛行率其實差距很大，5%這個數據只能作參考，有時未必可作準。

成年人的焦慮症不難診斷，因為他們大多能夠準確表達出心中所思所想，例如憂慮的情緒，反覆的沉思默想和負面想法等。然而，小朋友可不會這樣表達自己。

小朋友焦慮的核心通常在於逃避。逃避上學，逃避跟陌生人說話，逃避去某一處地方。他們害怕時一般不會說出口，只是行為會出現偏差，開始逃避某種行為和動作。

他們也會表現得比平常害羞或者痛苦，熟悉他們的照顧者應該很容易觀察到這一點。他們會出現各種不同的生理症狀，例如頭痛、頭暈、肚痛、心跳等，令父母以為他們生理上出現問題，屢屢求醫無果。除此之外，失眠也是常見症狀之一。

小朋友患上焦慮症並不可怕，最怕是作出錯誤診斷，不能夠及時對症下藥。若懷疑小朋友出現焦慮症狀，請盡快帶他們向專業人士求助。

所謂的「行為問題」

在學校吐口水，或者是在走廊上扮毛毛蟲，對於一個小學一年級的學生來說，的確是不太常見。

小鳥醫生小時候，讀的小學也屬於 happy school，學校沒有那麼的嚴格。在小鳥醫生的記憶裏，也好像偶爾出現過類似的事情。不過，這些比較反社會的行為，只要做過一次，老師便會非常緊張，同學再犯的機率不大。

根據小新的媽媽形容，小新好像是接二連三地犯同一樣的錯誤。就這一點來說，有點不尋常。

「原來如此。那麼在家呢？在家有什麼異常的行為嗎？」

媽媽的眼眶突然溢出了一滴眼淚。

「其實這一兩個月，醫生啊，我差點也要來看你。」

「是的是的。」小鳥醫生不敢多作聲。

「再這樣下去，我們越來越難控制他。他的脾氣比過往還大，即便每天給他吃藥，跟他談談有什麼不開心，他都不肯多說。功課做得越來越慢，只要他不喜歡的就會拖延。」

小鳥醫生聽著，也感受到媽媽的情緒。畢竟媽媽平時說話有條有理，現在卻是想什麼說什麼，稍一不留神，便跟不上。

「就是他脾氣變得更大，做事也沒有動力吧。」

「是的，尤其是做功課和溫習，我晚上經常跟他拉鋸，好像現在是我讀書，不是他讀書。」

「那睡覺呢？晚上小新睡得好不好？」

「這個⋯⋯我們現在沒和他一起睡，但他時常說自己半夜發惡夢醒來，白天好像也沒什麼精神。」

「原來如此，原來如此。」小鳥醫生一邊想，眼角一邊看著自顧自地玩著的小新。

焦慮小知識
怎麼樣的孩子容易焦慮？

每個孩子面對焦慮的脆弱程度不盡相同，這跟他們的基因、個性特質和環境因素都有關係。不過，有些情況的確較容易令孩子產生焦慮，例如父母的過度保護令孩子缺乏自主性和自信心去面對挑戰，或是家長控制慾過強、不尊重孩子的想法等，都會導致孩子感覺無法掌控自己的生活，繼而增加孩子患上焦慮症的風險。

此外，如果家庭氣氛總是負面，充滿憂愁和緊張，缺乏安全感，孩子也容易感到焦慮。曾遭受過暴力、虐待，或是被忽視照顧的孩子，對人際關係容易感到不安。生活中若發生重大變故，像是親人過世、父母離異等，若孩子的適應力不足以應對這些突如其來的轉變，也可能衍生焦慮。

有些孩子性格偏向悲觀，總是看到事情壞的一面，擔心許多不確定的事。這些負面的思考模式都會提高孩子產生焦慮的風險。為了預防這些問題，家長要避免過度保護與干涉，積極建立正向開放的親子關係。在孩子遇到挫折時，適時給予支持和引導，幫助他們培養解決問題的能力。

父母要盡力維持家庭的和諧與穩定，讓孩子感受到被愛與安全。萬一發現孩子有焦慮的傾向，要及早尋求專業協助，避免問題惡化。父母平日要以身作則，以樂觀積極的心態面對生活，孩子才能跟著學習正面思考的方式，提升面對焦慮的能力。

在診所卻是乖乖

　　小鳥醫生可能也有一點專注力不足，在跟小新媽媽交談的時候，眼角其實不斷地留意在一旁玩遊戲的小新。

　　小鳥醫生看過不少 ADHD 的小孩子，有些小孩子其實不用多花功夫便能夠替他們做出診斷。這不是醫生醫術高明，是因為他們的過動症狀太過嚴重。

　　就好像小新初來的時候，即便給他各種各樣的玩具，都無法令他安安靜靜地坐下來。上一分鐘玩積木，這一分鐘翻著漫畫書，下一分鐘玩巴士火車，彷彿他就是玩具大王，診症室內所有的玩具都給他玩了一遍。

　　記得那個時候，小鳥醫生房裏通往外面的三道門，在小新進來以後都要煞有介事地關上。原因不是怕外面風大雨大，而是因為小新活像一隻好奇的小貓，總愛在不適當的時候往外跑。

　　有一次小新成功開了門，跑出了診所之外。幸好診所在八樓，小新往街上跑的可能性不大，但也花了小鳥醫生和他爸媽十分鐘的時間才在同層的另一家診所找回小新。

不過這一次覆診，小新的表現好像跟過往有很大的不同。

從小新進來到現在，小鳥醫生一直跟他的媽媽在談話，保守估計已經有十分鐘，小新依然在診症室的角落裏自顧自地玩積木，沒有做其他事，也沒有玩其他玩具。

「小新今回好像很乖。」小鳥醫生看著小新，若有所思地想。

「但他在學校、在家都不是這個樣子，情況真的嚴重很多。」

「我沒有懷疑這一點，」小鳥醫生回答小新的媽媽，「只不過我覺得，他的行為問題可能別有原因。」

「是什麼原因？」

小鳥醫生沒有理會小新的媽媽的提問，反而問道：「小新他在學校多不多朋友？」

焦慮小知識
孩子出現行為問題的原因

孩子的行為問題可能由多種原因引起，了解這些原因有助我們針對性地採取干預措施，幫助孩子更好地管理自己的行為。

自閉症兒童常常表現出脾氣控制困難的問題。他們可能對環境變化或感官刺激非常敏感，容易感到焦慮和不安，進而引發情緒爆發。對於自閉症兒童而言，建立結構化的日常生活，提供可預測的環境，並教導他們情緒管理技巧，如在不安時深呼吸和尋求幫助，可以幫助他們更好地控制脾氣。

患上 ADHD 的兒童通常會有衝動和過動的表現，他們難以控制自己的衝動行為，容易分心，並且總是處於高度活躍的狀態。對於 ADHD 兒童，建立清晰的行為規範和獎勵機制，提供有組織的活動，並適當使用藥物治療，可以幫助他們提高專注力和自我控制能力。

患有焦慮症或抑鬱症的兒童可能表現出暴躁的情緒，他們對壓力和挫折的耐受性較低，容易感到不安和沮喪，並通過發脾氣來宣洩情緒。對於這些兒童，提供情感支持和安全的環境，教導他們表達情緒的健康方式，並尋求專業的心理治療，可以幫助他們更好地應對負面情緒。

有智力障礙的兒童由於認知能力的限制，可能在行為控制方面存在困難。他們對行為後果的理解有限，容易受到衝動的驅使。對於這些兒童，使用簡單明確的指令，提供視覺提示和行為示範，並給予適當的鼓勵和獎勵，可以幫助他們學習正確的行為。

除了以上原因，環境因素如壓力、創傷和身體不適等也可能導致兒童出現行為問題。長期處於高壓環境或遭受創傷經歷的兒童，情緒可能會不穩定和作出攻擊性行為。身體不適如疼痛或其他不適感覺也可能導致兒童變得易怒和不合作。對於這些兒童，我們需要提供安全、支持的環境，並尋求專業的醫療和心理幫助。

朋友多少也是病？

　　平常跟小孩子診症，閒話家常當中，時常會問他們在學校有沒有朋友。

　　不是有朋友就是好，沒朋友就有病。有些小孩口頭說，他在學校有很多很多朋友，但如果再深入一點，問他們關係最好的朋友的名字，卻是未必知道。

　　有一些自閉症的孩子，對朋友的概念跟一般人不同，可能每天點過頭、曾經握過手，就認為彼此是朋友。問他們最好的朋友最喜歡吃什麼東西、最喜歡玩什麼活動，卻是呆若木雞，一般都答不出來。

　　也有些小孩性格內向，朋友可能只有幾個，但交情好得很，在適當的時候總會提供支持。所以，朋友的多少只能作為參考，只有深入了解，才能對診斷和治療的計劃有幫助。

　　「……」

小新的媽媽面對同樣的問題，此時此刻呆了一呆。

小鳥醫生惟有再問：「小新他在學校多不多朋友？」

小新的媽媽轉過頭，有點迷惘的看著小新，「快點答醫生的問題。」

小新沒有多理會媽媽，依舊玩著面前的積木。

「我想，我想我也留意過，」小新的媽媽好像有點尷尬，「以前他在幼稚園時是有一兩個的，但是現在好像沒怎麼留意到。」

「那麼有沒有留意到上學或放學的時候，同班有人跟他玩？」

「好像沒有。之前幼稚園跟他一同上來小學的同學，也沒跟他同班。」

「原來如此。」小鳥醫生點一點頭，若有所思，「那麼老師呢？有沒有老師特別喜歡他？」

焦慮小知識

自閉症孩子為什麼社交能力偏低？

有些家長怎樣也想不明白，為什麼自己的孩子總是跟別人不一樣，怎麼教也學不會正常的社交技巧。是不是孩子太蠢，還是自己作為家長做得不好？

事實上，孩子和家長都沒有錯。自閉症的孩子跟正常的孩子其實沒多大分別，只是大家在制式上有點不同，就像 Windows 和 macOS 的分別。只要我們能夠了解這些制式上的分別，便可以更加體諒自閉症孩子，讓他們更健康活潑地成長。

心智理論

從嬰兒期開始，正常的小朋友便傾向從模仿之中學習。當他看見大人用手指指向事物，他會模仿並慢慢明白這個動作背後的意思。自閉症小朋友也學習得到如此動作，不過不是透過模仿，而是像電腦程式的指令一樣運作，習得這個動作和背後的意思。

然而，很多社交技巧和社會上的規則不能一板一眼的死記硬背。事實上，老師和家長也從來沒有給孩子上課教導這些社交技巧。到了最後，自閉症孩子的社交技巧和溝通能力自然比一般小朋友差。

從模仿中學習也能讓小朋友學會詮釋別人的心意，從別人的角度去想事情，這就是心智理論 (theory of mind) 的由來。自閉症的小朋友，心智理論的發展比一般小朋友差，長大後他們也會比一般人缺乏同理心。

刺激過度選擇

自閉症的小孩,在接收資訊的時候,處理方式也跟一般的小孩不同。他們多會集中在一項資訊,容易見樹不見林,這就是所謂的刺激過度選擇 (stimulus overselectivity)。

只不過,很多社交技巧需要孩子同時接收多項資訊,例如孩子需要同時分析一個人說話的內容、聲調和表情,才能得知對方的心意和想表達的事情。刺激過度選擇影響了自閉症的孩子在社交和溝通方面的學習,能力自然比一般小孩低。

老師的愛與不愛

記得小鳥醫生小時候非常頑皮，上課的時候當然不留心，只顧著做自己的事，更引誘旁邊專心上課的同學聊天。校規當然不守，校章不戴，校服也不整齊。這表面上當然不得老師歡心。

但小鳥醫生有一點小聰明，從小到大成績也跟自己的外在行為成反比。這一個反差經常令老師歎為觀止，又愛又恨。所以嚴厲責罰的說話，小鳥醫生幾乎沒有聽過。

●●●

「老師，」小新的媽媽想了一想，「有幾個老師也罰過他，我經常在家聽小新說。」

小新突然插嘴：「李 Sir！」

「是是，我知道。」小新的媽媽馬上安撫小新。

「李 Sir 幹了什麼？」

「其實也沒什麼，也沒有什麼體罰，不過是有幾次在全班同學面前罵了他。」

「我要殺了他。」小新相當激動。

「我知道我知道，你很不喜歡他。」小新的媽媽繼續安撫小新，「所以你說的這些只不過是氣話，對嗎？」

●●●

很多人說青春期是反叛期，其實這只是其中一種觀察結果。

很多孩子在非常小——大概六七歲的時候——已經相當反叛。反叛不是天性，也不是疾病，大多是後天而來。

一個人經常被罵被罰，慢慢就會開始對抗，開始怨恨懲罰他的人，而不是反省自己。久而久之，他們會撒謊、推卸責任，以避免責罰，同時仇視權威。父母和老師說東，他們便說西。

ADHD 對於性格和人生的影響

很多家長面對孩子的問題都會諱疾忌醫,有些道聽途說以為專注力藥會危害腦袋,也有些以為孩子的問題會隨著成長慢慢消失。這些誤解害了很多孩子。

根據研究,只有大概一半的 ADHD 患者,長大後症狀會慢慢消失。另外一半的患者症狀可能有不同程度的減少,但有 15% 的患者長大之後症狀沒有絲毫改善。兒時 ADHD 的症狀越是嚴重,長大後症狀得到改善的機率便越低。

就像上述例子,ADHD 孩子自小被責罰,自然會奮起對抗,久而久之就會形成反叛的性格,甚至發展成對立性反抗症 (oppositional defiant disorder, ODD)。對立性反抗症是一種常見的兒童行為問題,但與一般孩子偶爾的叛逆或情緒化的行為有所不同。患有 ODD 的孩子會持續且頻繁地表現出易怒、熱衷於與權威人士爭論、不服從指示、故意激怒他人、推卸責任、記仇以及過度報復等行為。這些行為模式對孩子的家庭、社交和學業造成顯著的負面影響。

雖然所有孩子在成長過程中都可能出現類似的反抗行為,但 ODD 患者的症狀更為嚴重且持久。一開始,這些行為可能只在家中等特定環境出現,但如果不加以干預,可能會將這些行為帶到學校並影響朋輩關係,甚至演變成更嚴重的品行障礙 (conduct disorder, CD)。

當 ADHD 患者缺乏適當治療，在長大之後學業成績當然比同齡的人差。他們出現失業的情況也比普通人高，有些即使找到工作，也不是自己擅長和喜歡的。他們比其他人較為衝動和莽撞，出現交通意外的風險亦自然較高。

除此之外，他們做事缺乏規劃，為人衝動，即使長大後找到伴侶，出現婚姻問題的機率也會比一般人高。成人 ADHD 患者跟自己的子女相處時，普遍缺乏貫徹始終的教養方法，間接造成親子之間相處的困難。

小孩情緒問題的問題

看著一臉反叛的小新，媽媽相當尷尬。

「那麼醫生啊，」媽媽只好轉換話題，「我們是否應該加藥？是不是專注力藥不夠，令他有如此的行為問題？」

ADHD 的孩子一直給人的印象就是頑皮愛搗亂。每一次他們出現行為問題，別人都會將問題的原因歸咎於 ADHD，卻沒有思考過其他可能的原因。

事實上，兒童比成年人難診斷的其中一個原因，就是兒童一般沒有足夠的能力去準確感受和描述自己的想法和情感。即便照顧者或者治療師給予無比的關懷，孩童因為害羞、緊張或其他原因，一般比成年人較難敞開心扉。

● ● ●

「其實他的問題不是現在的兩種藥物可以幫助得到的。」

　　小新在服用專注力藥和抗精神病藥，用來減低過動症狀和控制情緒的爆發。但他現在面對的問題，小鳥醫生卻認為跟這兩款藥未必有絕對的關係。

　　「你有沒有發現小新最近有什麼不開心或者表現得緊張？」

　　「這個⋯⋯他好像也沒有怎麼說。」

　　「那最近的情緒如何？」

　　「也沒有怎麼聽他提及過，就是覺得他比平常多了發脾氣。」

　　孩子未必能夠準確地表達自己的情緒，但他們的身體會把這些情緒表現出來。他們會發脾氣、失眠、胃口不好，亦會有行為問題，有些還會有頭痛、肚痛等現象。

　　「那小新你自己覺得呢？」小鳥醫生頭一轉，把焦點重新聚焦在一旁玩遊戲的小新身上，「最近有沒有緊張或者不開心？」

家長怎麼知道孩子有焦慮問題？

焦慮的兒童和青少年會對許多活動和事件感到過度擔憂，也常出現與學業表現和社交情況相關的焦慮。他們的擔憂小至日常事件，例如是否有交通工具準時抵達活動地點，大至颱風和地震等自然災害。這些擔憂已入侵了他們的日常生活，以至於會干擾這些孩子的學業、社交和家庭功能。

很多焦慮的孩子會表現得過度成熟、性格比較完美主義，以及對批評比較敏感。每當出現擔憂和自我懷疑，他們傾向於尋求他人的安慰多於其他方法。有時候他們未必會表達自己的情緒，身體卻會有其他症狀，包括肚痛、失眠、頭痛、肌肉痛的現象。有些孩子平時是乖寶寶，焦慮嚴重的時候卻會變得暴躁、易發脾氣，甚至出現行為問題。

有一些問卷，如 Screen for Child Anxiety Related Disorders (SCARED) 和 Preschool Anxiety Scale (PAS) 也可以幫助家長早一步發現孩子的焦慮問題。以下問題取自 PAS 問卷，如果家長發現孩子在以下大多數情況也有相應表現，孩子的焦慮情況就可能需要專業人士幫助（問卷適用於兩歲半至六歲半的小孩）：

1. 當孩子開始為某件事情擔心時，他們發現自己難以控制這種擔憂的思緒。即使嘗試轉移注意力或進行其他活動，擔心的念頭仍然揮之不去。這種持續的擔憂狀態可能會影響孩子的日常生活和情緒健康。

2. 過度的擔憂會導致孩子出現身心不適的症狀。他們可能會感到緊張、肌肉緊繃，難以放鬆。有時，孩子會表現出坐立不安的行為，如不停地踱步或搔手。此外，持續的擔憂還可能使孩子變得易怒，對周圍的人或事物反應過度。

3. 當孩子在夜晚躺在床上時，擔憂的思緒可能會不斷湧現，使他們難以入睡。即使孩子感到疲倦，但腦中仍然不停地思考各種他們擔心的情境，導致他們輾轉反側，難以進入睡眠狀態。長期的睡眠問題可能會對孩子的身心健康產生負面影響。

4. 擔憂似乎成為了孩子生活的主旋律。從早到晚，孩子的腦海中不斷浮現各種令他們擔心的事情，如學業成績、同儕關係、家庭問題等。這種持續的擔憂狀態佔據了孩子大部分的時間和精力，使他們難以專注於當下和享受生活。

5. 由於過度擔心，孩子可能會頻繁地向父母或其他信任的人尋求安慰和保證。即使在客觀上看來不存在真正的問題或威脅，孩子仍然會尋求他人的肯定和支持。這種行為可能源於孩子內心的不安全感和對未知的恐懼。

穿上小新的鞋子

「我不知道。」

小新沒有多理會小鳥醫生，頭比剛才垂得更低，雙手擺弄著積木，卻沒有砌出什麼成品。

「不要緊，不要緊。」小鳥醫生把聲線再壓低一點，語氣更溫柔一點，「那麼身體有沒有不舒服的地方？」

「好像有點頭痛。」

「什麼時候會頭痛多一點？」

「我不知道。可能是上學的時候。」

「還有沒有其他的不舒服？肚子呢？」

「這裏。」小新指著自己上腹部的位置，「這裏也有一點。」

旁邊的媽媽聽著也有一點緊張，「怎麼沒有聽你說過？」

小新沒有作出任何回應，只是把頭一扭，繼續自己玩玩具。

●●●

　　小孩子有情緒的問題，一般都不太能夠準確地說出來。爸爸媽媽平常能看到的，可能只有他們的脾氣。至於其他的症狀，沒有留意到，也一般不會故意探問。

　　「其實，」小鳥醫生說道，「小新的問題不是自閉症或者ADHD……」

　　「那是什麼問題？」

　　「你試試想一想，小新的處境。」

　　「他的處境？」

　　「他在學校，因為本身過動的問題，經常搗蛋，理所當然的不討老師喜歡。一般的老師不會因為他的 SEN（special educational needs，特殊教育需要）身份而過於遷就他，自然會給予責罰。」

　　小新的媽媽留神的聽著。

　　「就像剛才提到的李 Sir 就是一例。小新被罵多了，自然會對抗。老師感到尊嚴權威受威脅，自然有所反彈，變本加厲，甚至出現針對的情況。」

　　「我們其實也跟老師說過，但……」

　　「有時候學校也有他們的規矩，還有其他同學的態度也會造成小新如今的處境。小新本身的社交能力不太好，加上經常被老師責罰，在同學眼中是一個怪人多於一個可以交朋友的對象。」

焦慮小知識
焦慮的孩子其實是怎麼想的？

大人跟小孩一樣，生活上也有各種不同的壓力和擔憂。不過年紀不同角色不同，未必能夠清楚了解彼此的差異。焦慮的孩子其實是怎麼想的？多一點了解可能會令他們感受多一點的關懷，減少焦慮惡化的風險。

在學校或社交場合，焦慮的孩子總是懷疑自己是否受到朋友和同學的喜愛。即使其他人對他們表現友善，孩子仍然擔心這只是表面現象，他們內心其實並不真正喜歡自己。這種擔憂令孩子在與人相處時感到緊張和不自在，影響了他們建立友誼的能力。

在面對新環境、陌生人或挑戰時，孩子經常感到緊張不安。這種緊張感會導致他們出現身體不適，如心跳加速、手心出汗、胃部不適等。有時，這種緊張感甚至會影響孩子的日常生活和學習表現。

學校裏，孩子常常將自己與其他同學比較。看到其他同學在學業、運動或其他方面表現出色，他們就會擔心自己是否不夠優秀。這種擔憂令孩子感到自卑，甚至可能導致他們不願意嘗試新事物，因為他們害怕失敗。

無論是考試、比賽還是其他重要場合，焦慮的孩子總是擔心事情不會按照他們的預期進行。即使他們已經做了充分的準備，孩子仍然會擔心出現差錯或意外。這種持續的擔憂令孩子難以放鬆，並且可能影響他們的表現。

在完成任務或做出決定時，焦慮的孩子總是擔心自己的表現是否達到了標準。即使獲得了好的結果，他們也會繼續質疑自己是否可以做得更好。這種自我懷疑令孩子感到壓力和不安，並且可能影響了他們的自信心。

焦慮的孩子經常回想過去發生的事情，並為自己的所作所為感到擔憂。即使是一些小錯誤或尷尬的時刻，他們也會一遍遍地在腦海中重複，擔心這些事情會對他們產生負面影響。這種對過去的執著令孩子難以向前看，並且可能錯過了當前的機會。

交朋友的獨特方式

所以他在學校一點也不快樂。

就是這個樣子。每天回到學校，沒有什麼朋友可以一起玩，也沒有朋友可以談心，又被老師針對，自然會感到焦慮，情緒也就出現問題。

小新的媽媽開始明白，輕輕的點了一下頭，「那為什麼他會出現吐口水和在地上爬動的行為？這也跟焦慮有關嗎？」

「焦慮會令人難以控制情緒，變得比平時暴躁，容易做出與平常不一樣的行為。吐口水和在地上爬動可能跟情緒有關，但也可能跟他的社交有關。」

「是什麼的關係？」

小鳥醫生記得，小時候交朋友相當容易。

見到了新的面孔，打一聲招呼，介紹一下自己的名字，談一兩句卡通人物，小息的時候分享一下零食，友情便會慢慢萌生。這些不需要人教導，彷彿與生俱來便懂。

自閉症的孩子卻不是這個樣子。他們不能自然地交朋友，心裏頭也沒有分寸，不知道別人是否把自己當成朋友。有時候看見陌生的面孔對自己一笑，便以為別人就是自己的朋友。

小新在學校沒有什麼朋友，對朋友的概念也十分模糊。小鳥醫生繼續向小新的媽媽解釋：「但他內心其實也渴望有朋友，也渴望有人關注。」

「所以⋯⋯」

「就以小息的時候故意在地上爬行為例。同學們看見他在爬行，會有各種的反應。這個年紀的同學，大多數也會笑。」

「小新以為⋯⋯」

小鳥醫生不等小新的媽媽回答，續道：「小新平時交不到朋友，看到陌生的面孔會感到焦慮，內心卻渴望交朋友。」

「所以同學們在笑他，他卻以為自己交了朋友。」

「這是他交朋友的方式。他自己看不出別人的用意，看見別人的笑，卻是緩解了他內心的焦慮。」

焦慮小知識

如何培養孩子的社交能力？

不少家長一聽到自己的孩子有自閉症便非常緊張，有些一時之間接受不了會拼命否認，有些則拼命尋找方法，嘗試要治癒自閉症，將自閉症從孩子腦中消除。其實自閉症不需要根治，只需要取長補短，為孩子提供足夠的個人化訓練便可以。社交技巧嚴重不足的孩子可以上社交班，溝通技巧較差的孩子便需要家長身體力行教導溝通技巧。訓練旨在提高孩子適應學校和社會生活的能力，讓他們能跟其他人一樣發展所長。

以下是一些有助培養孩子社交能力的遊戲，家長在家也可以跟孩子玩。不論孩子是否有自閉症，遊戲也能有效培養孩子的社交技巧和合作性，讓孩子學會從別人的角度思考。

讚賞遊戲

人與人之間的關係需要潤滑劑，懂得適當的讚賞非常重要。有些自閉症的小孩不懂得稱讚別人，便少了跟其他人交流和鞏固關係的機會。有些自閉症的小孩雖然知道要稱讚別人，卻不懂稱讚別人的技巧，結果弄巧成拙，稱讚別人反而成了得罪別人。

稱讚遊戲可以在家舉行，一大班朋友圍成一個大圓圈，然後輪流坐在圓圈的中央，其他人則嘗試向坐在中央的那位朋友表示

稱讚和欣賞。而每次獲得稱讚之後，中央的那位朋友都必須要表示多謝。

如果有些小朋友真不太懂得發掘別人的優點又該怎麼辦？大人可以先預備一個稱讚列表，列出稱讚別人的常用話語。例如：「你十分聰明」、「你的笑容很美麗」、「你很有愛心」、「你很有禮貌」、「你很有趣」等。小朋友可以從中選擇最貼切的稱讚用語，慢慢學習稱讚別人的技巧。

當小朋友被其他人稱讚的時候，大人也可以嘗試記錄下來，供小朋友日後回顧，這對於他們自尊心和自信的建立相當重要。

 ## 分享遊戲

要自閉症的小朋友學習分享未必容易，他們很多時都只能從自己的角度去看事情，不知道自己喜歡玩的別人也許會有興趣，也不知道分享的好處。

家長可以利用空置的木箱製作一個寶箱，並跟孩子一起髹上他們喜歡的顏色，然後放一些朱古力金幣到箱內。

然後找一個風和日麗的早上，家長跟孩子扮演海盜，在家進行尋寶遊戲。孩子尋得寶箱之後，就可以請他們嘗試跟自己分享裏面的寶藏，並對孩子的慷慨表示讚賞，最後一起享用朱古力金幣。

心碎遊戲

自閉症小朋友的言語行為經常令人感到難受。他們不是故意的，而是不懂得易地而處，從對方的角度去思考和理解他人。

同理心非常難以培養，對自閉症孩子來說，有時候必須親身感受才能知道對方所思所想。以下的心碎遊戲是一個非常好的例子，能夠形象化地讓孩子了解他人的感受。

家長可以先用卡紙剪成一個心形，然後跟孩子討論平時我們的什麼行為和說話有可能會令人心碎。

除了仔細寫下每件令人心碎的事情，也要記錄討論的過程。每寫下一件事情，便摺一摺心形卡紙，形象化地讓孩子知道傷心的感覺。

不過，別忘記心碎了也可以補救。家長可以跟孩子討論如何修補破碎的心，例如道歉或者其他的補償方法。討論完之後，可以把卡紙摺回原狀，再給孩子仔細觀看。

最後我們可以問問孩子，這個「心」跟開始的時候有沒有分別。這時孩子應該明白覆水難收的道理。一旦令人心碎，即使道歉或者作出任何補償，心中始終會有裂痕。

12

一個月後的小新

一個月後，小鳥醫生在診所又見到了小新和他的媽媽。相比起一個月前，小新好像沒有那麼吵。至少在醫生看另一位病人的時候，聽不到小新等候時發出的吵鬧聲音。

一個月前，小鳥醫生沒有替小新加專注力藥，也沒有加控制脾氣的 aripiprazole，而是處方了一種小新從未吃過的藥物。

「你好小新。你好，小新媽媽。」

剛進入診症室，小新也是同樣的一股腦兒跑到角落玩玩具。

「最近他怎麼樣？」小鳥醫生知道小新在還未玩夠之前是不會多回應的，直截了當地去問他的媽媽，「吃了新藥以後怎麼樣？」

上一次小鳥醫生給小新處方的藥物是血清素，一般都是用來治療焦慮症和抑鬱症等的情緒問題。

「小新好了很多。」只見小新的媽媽的神情比上次輕鬆多了，眼睛也重新有了神采，「他在家沒有發脾氣，對於我們照顧者而言，也輕鬆了許多。」

「那麼在學校呢？」

「在學校也好了很多，老師都說有進步，也沒有那麼多的投訴。」

「那他吃新的藥有沒有不舒服？」

上一次小鳥醫生給小新處方血清素，是因為小鳥醫生覺得小新在校有許多的壓力和不快樂，過多的行為問題和脾氣未必跟自閉症和 ADHD 有關，有可能是由於焦慮症等的情緒問題而衍生的。

「沒有啊，每天都是吃半粒。我們也到了公立醫院覆診，那裏的醫生也替他多開了這款藥。」媽媽從手袋拿出了一款名叫 lorazepam（蘿拉西泮）的藥，上面的指引寫著要病人每天早上吃半粒。

「是這藥啊。」小鳥醫生打量了一下，「試過以後有沒有好一點？」

「也有。」媽媽點了點頭，「每天早上出門上學的時候，情緒也控制得比較好一點。」

「這個是鎮靜劑，對他的情況也會起到作用。」小鳥醫生回答，「往後情況穩定的話，可以慢慢地把它減下來。」

焦慮小知識
兒童焦慮症的心理治療

焦慮症是一種常見的心理疾病，影響著孩子的日常生活和心理健康。治療方法大致可以分為心理治療和藥物治療兩大類，而有效的治療往往需要結合心理治療和藥物治療兩種方法。以下是常見的心理治療方法：

認知行為治療

認知行為治療 (cognitive behavioral therapy, CBT) 是一種高效的非藥物治療方法，廣泛應用於治療兒童的焦慮症。CBT 的核心在於幫助孩子認識並改變那些導致焦慮的負面思維模式和行為。治療過程中，孩子將學會多種技巧，包括：

放鬆技巧：教導孩子如何透過深呼吸和肌肉放鬆等方法來減輕緊張感。

焦慮管理：訓練孩子識別和處理焦慮情緒，提升他們的自我調節能力。

暴露治療：逐步引導孩子面對和處理那些引起焦慮的情境，以降低其焦慮反應。

教育培訓：向孩子及其家長普及焦慮症的知識，增強他們對病症的理解和應對能力。

靜觀療法

近年來靜觀療法在治療兒童廣泛性焦慮症(generalized anxiety disorder, GAD)中越來越受到重視。這種療法強調接受當下的思維和感受，而不是試圖控制它們。療法主要包括兩方面：

靜觀減壓課程(mindfulness-based stress reduction program, MBSR)：透過靜觀冥想和瑜伽練習，幫助孩子們放鬆身心，提高對自我內在體驗的覺察。

靜觀認知治療(mindfulness-based cognitive therapy, MBCT)：透過融合認知治療的元素，幫助孩子辨識那些可能引發焦慮的自動思維，並透過靜觀練習學會以不同的方式回應這些思維。

靜觀療法通過訓練孩子接受並放下內心的焦慮思維，有助於減輕焦慮症狀，改善情緒調節，從而提升生活質量。

心理動力治療

這種治療聚焦於焦慮的潛在原因，通過遊戲等互動方式進行，特別適用於兒童。此療法有助兒童或青少年進一步明白他們內心深處的真正感受，然後在治療師協助下予以處理。

掀開焦慮症的面具

「為什麼要把這款藥減下來？是不是會對他不好？」

小新的媽媽手拿著鎮靜劑，有點不理解。

「其實也沒有什麼。當孩子十分焦慮的時候，給他一點適量的鎮靜劑，會立刻紓緩症狀。尤其當孩子對上課或者離家感到焦慮的時候，出門前給他服用鎮靜劑，會有很大的幫助。」

「那不是很好嗎？」

「但如果每天都吃，有可能會造成依賴。某天不吃的話，孩子便會更加焦慮。還有就是耐受性的問題。」

「耐受性？」

「就是第一天、第二天反應良好，但到了第三天，卻感覺沒有第一天的妙，好像需要服用更多才能達到原本的效果。」

「那我不要給他吃這款藥了。」

「也不要太過擔心，你可以只在他真的很緊張、很需要的時候才讓他服，這樣並不會造成依賴的問題。現在他的狀態理想，也是時候嘗試暫停服用看看。」

● ● ●

對比起其他的專科，精神科的診斷有時候來得容易。

精神科的病來來去去都是那幾種：抑鬱症、焦慮症、躁鬱症、思覺失調；小孩子的就是自閉症和 ADHD，診斷看似沒有什麼難度。

但事實上，跟其他專科不同，在精神科看診的病人很多時會同時出現兩種或以上的疾病。一種疾病的症狀有時候會蓋過另一種疾病的症狀，影響醫生診斷時的判斷。

就以小新為例，開始的時候當然是因為自閉症和 ADHD 來看病。往後如果出現任何的行為問題，隨便哪個醫生也會先入為主覺得是因為這兩種疾病所引起的，很容易會忽略他情緒也可能同時出現問題。

大朋友小朋友也有焦慮，但小朋友的焦慮很多時候卻會戴上面具，較難識別。多一點溝通，多一點觀察，多一點體諒，可能也是掀開焦慮症面具的一種好方法。

焦慮小知識

兒童焦慮症的藥物治療

抗抑鬱藥的使用

血清素(選擇性血清素再攝取抑制劑,SSRI)是一類作用於大腦的抗抑鬱藥,主要通過抑制神經元之間血清素的再吸收,來增加血清素在腦部的活動。血清素是一種重要的神經遞質,與調節情緒、睡眠和焦慮等多種生理功能息息相關。通過藥物提高血清素的水平,有助改善患者的焦慮症狀。

治療焦慮症的標準血清素療程通常持續十至十五週,眾多研究顯示兒童在接受血清素治療之後的反應率明顯好於安慰劑。然而,藥物的效果可能在療程的第八週達到平台期,之後效果增幅有限。

在眾多血清素藥物中,大部分在治療焦慮症時效果相差無幾。值得注意的是,約 7% 的焦慮症兒童因為藥物的不良反應而中斷治療,這些副作用包括但不限於噁心、頭痛等。

所有使用血清素藥物的患者,特別是青少年,都需要密切監控潛在的自殺行為。雖然通常都認為血清素是安全的藥物,但在某些個案中,它們可能會增加自殺思維或相關行為的風險,特別是在治療初期。

藥物的選擇

目前美國食品和藥物管理局 (FDA) 已經批准了幾種抗抑鬱藥物用於治療兒童和青少年的抑鬱症和焦慮症,其中包括:

Fluoxetine（**氟西汀**）：適用於八歲及以上兒童的抑鬱症和七歲及以上兒童的強迫症

Sertraline（**舍曲林**）：適用於六歲及以上兒童的強迫症

Escitalopram（**依他普侖**）：適用於十二至十七歲青少年的抑鬱症

Duloxetine（**度洛西汀**）：適用於七歲及以上兒童的廣泛性焦慮症

Anafranil（**氯米帕明**）：一種三環類抗抑鬱藥，適用於十歲及以上兒童的強迫症。

此外，很多其他的抗抑鬱藥，雖然沒有特別獲批用於兒童，但醫生有時會根據實際情況進行 off-label 處方。

想了解更多 *ADHD* 的知識，可以
參閱小鳥醫生另一部作品《*ADHD*
的另類教科書》啊！

第三章

強迫也是
焦慮症

令人傻傻分不清的強迫症

「醫生……醫生。」

「怎麼了？」

眼前是一個非常熟悉的病人，最近半年他幾乎每週都來覆診。

「我發現你有一個習慣。你是不是有強迫症？」

「什麼習慣？哦。」小鳥醫生回想起自己剛剛的動作，恍然大悟，「我明白了。就是我經常要把桌上的文具排列整齊的習慣。」

「就是這個。啊，你不要再弄啦。」

「你沒有說出來還好，你現在說出來，我這又忍不住了。」

● ● ●

強迫症 (obsessive-compulsive disorder, OCD) 是一個很容易令人誤解的疾病。

在新冠病毒還非常流行的時候，人人都怕感染，安全措施要做足全套。傳媒經常訪問精神科醫生：「這到底是不是強迫症？是不是新冠病毒令人得了強迫症？」

我們身邊總會有一些朋友或同事做事非常小心，文件上每一個字都會重複查看，事無大小都抱持完美主義，一身衣服一塵不染。人人都說他們是強迫症，而這些人大多數也非常樂於接受這等稱號。

但是否愛乾淨、做事井井有條就是強迫症？這又未必。至少，小鳥醫生見過一個比普通人還骯髒一萬倍的強迫症病人。

記得那個時候還在公立醫院工作。

「醫生，醫生，來了一個新病人。」

「叫她進來吧。」

「這個……這個……病人還在廁所。我想不如你先見見她的親人吧。」

「先等她一下吧。」當時的小鳥醫生真是太過天真，把姑娘善意的提醒忽略掉。

「這個……」

「還不叫她過來？」

「是的……是的。」姑娘一臉難為情，霎時之間，小鳥醫生也想不到個所以然來。

過了片刻，精神病房裏的診症室傳出一陣惡臭，味道有點像垃圾車，有點像死老鼠，也有點像又濕又臭的舊涼鞋。但只是有點像，因為這股惡臭的味道比上述加在一起還要臭十倍。

焦慮小知識
強迫症與防疫

過往數年疫情持續，強迫症個案有否增加？如果過度緊張或執著於防疫，對情緒會否造成負面影響？

說實話，在過往新冠疫情的兩三年間，前來求診的強迫症個案未有太顯著的增加。

強迫症患者大多知道自己的問題所在，一般會主動求診，新冠肺炎未必會造就這個契機。況且，要是真的怕病毒怕污糟，一般連醫院也不敢來，遑論要求診。

疫情期間，強迫症患者若有洗手和清潔等強迫的症狀，的確會比平時更加嚴重，但他們受這些症狀的困擾卻未有嚴重增加。這是因為從前他們認為對清潔的執著是不必要的，才會為這些想法感到困擾，但是疫情使清潔成了必做事項，情況便有點不同。

事實上，不只是強迫症患者，門診中看到的其他精神病患者也會受到疫情影響。他們的情緒未必是因為過度緊張或者執著於防疫而變壞，很多時候另有其因。

最常見的原因是家人對防疫措施意見不一而影響到患者情緒。一家人中總會有人對病毒比較緊張，也有人比較隨意，大家對彼此都看不過眼，長久下來，爭吵必然比平時多。

還有就是，在疫情期間大家都不敢外出遊玩，只好困在家中。相見好同住難，經常在家碰口碰面，爭吵自然比平時多。SEN 的孩童有更多時間在家，父母相對要多花時間管教，壓力當然比平時大。更加重要的是，少了運動和活動，情緒自然更易鬱悶。

02

逃離現場可沒有技巧

記得多年之前，小鳥醫生加入了公立醫院的精神科部門，第一天上班不是學習如何治病，而是學習如何逃生。

我們要上一些特別的訓練班。訓練班教導的主要是一些掙脫技巧，例如萬一被人抓住頭髮、被人抓住手、被人圈住頸項，我們如何能君子不立危牆之下？我們必須學習一些技巧以逃離險境，保證自己的安全。

也有人帶我們參觀診症室，但重點不是如何用電腦、如何打診症紀錄，而是要參透診症室裏的機關。

原來在診症室內，醫生座位的背後都有一道門。這道門通往另外一個地方，是醫生面對危險的避難所。醫生枱下面有一個警報鐘，只要輕輕拉一下，整個門診也會聽到警報聲。枱面上還有另一個機關，枱面的電話有連接護士站的直線，接上了只要說「開會」這個暗號，所有職員便會馬上衝進來營救醫生。

●●●

但在這一刻，很多年前還在公立醫院的這一刻，好像所有警報系統都不管用。

這⋯⋯

小鳥醫生聞到了味道，正想問護士臭味從哪兒來的時候，忽然之間想到了問題的根源，立刻閉上嘴，也止住自己的呼吸。

「你好。」

「你好啊，醫生。」

小鳥醫生又止住了呼吸，畢竟惡臭正是眼前這個病人身上傳來的。這個⋯⋯

「啊，護士！」

沒有人有任何回應。

「護士！」小鳥醫生提高了聲線。

「是的，醫生。」護士的聲線從遠方傳來，「有什麼可以幫忙？」

小鳥醫生咳嗽了一下，「我想先見見病人的親屬，你先帶病人休息去吧。」

焦慮小知識
執迷與強迫

強迫症大家聽得多，普羅大眾對強迫症的印象一般都在於他們過分愛清潔的行為，包括不斷洗手、不斷執拾等。

只不過，在醫學上的層面，如何界定一個人有強迫症呢？

強迫症其實分為兩大部分，一部分是執迷 (obsession)，另一部分是強迫 (compulsion)。大部分人只看到強迫的部分，卻不知道強迫症患者背後深深受到執迷的思想所困擾。

所謂的執迷，就是一些重複卻不能自控的念頭。患者自知這些念頭並非理性，卻控制不到他們從自己的腦袋中冒出。常見的執迷包括認為身體或其他東西受到污染、對事物對稱的執迷，以及害怕因為自己犯錯導致災禍的想法等。

長期受這些重複卻不能自控的思想困擾，患者會不能自控的去作出不同的行為，嘗試去宣洩這些困擾。認為身體不潔淨的會不斷洗手，認為事物不對稱的會不斷重複排列身邊的物件，害怕自己犯錯的則會不斷重複檢查，例如檢查有否關門、有否熄煤氣等。

強迫症不但對患者造成困擾，有時也會波及身邊人。一旦懷疑自己患上強迫症，盡快就醫是最好的辦法。

不愛洗澡的病人

　　跟強迫症非常相似的一種情況叫做強迫型人格障礙 (obsessive-compulsive personality disorder, OCPD)。

　　強迫型人格障礙的人一般非常愛整潔、非常細心、非常一絲不苟。他們是完美主義者,在學業、工作、家庭關係上都是如此。

　　他們對此一般不以為然,很多甚至非常自豪,以自己的強迫性格為榮。身邊的朋友、伴侶、下屬卻因為他們的性格感到非常困擾。

　　對一般人來說,強迫型人格障礙的人跟強迫症非常相像。但對於精神科醫生來說,這完全是兩碼子的事。兩者之間的分別很大,其中最明顯的一個分別是:強迫症患者關注的東西可能只有幾個方面,但強迫型人格障礙的患者會將方方面面都納入他們的強迫範圍內。

●●●

　　小鳥醫生忍住呼吸,好不容易才等到護士把病人送往洗手間清潔,再讓病人的親屬進來。

「你好。」小鳥醫生的聲線有一點沙啞。

「你好啊，醫生。」眼前是病人的姐姐。

「你的妹妹其實是什麼回事？為什麼願意進來醫院休養？」

「其實沒有什麼。」病人的姐姐說得輕描淡寫，看著她旁邊的媽媽，「我不是跟她們一起住。不過最近媽媽的身體開始變差，怕照顧不了，便把妹妹送進來了。」

「那她其實⋯⋯」

「她其實也沒什麼。唉⋯⋯」病人的媽媽插了嘴，「不過是她每天把自己的時間表排得密密麻麻，放不進洗澡的時間罷了。」

看來病人的媽媽非常體貼，看透了小鳥醫生最關注的事情。

焦慮小知識

強迫症和強迫型人格障礙

強迫症有一個很相似的兄弟，叫做強迫型人格障礙。普通人一般分辨不了兩者，以為是一模一樣的病症。但事實上，差之毫釐，謬以千里，兩者其實大有不同。

有沒有遇過有些人事事追求完美，任何事情都一絲不苟？很多還要是工作狂和控制狂，身邊的人大多受不了。很多人都說他們是強迫症，但事實上，這是典型的強迫型人格障礙。

強迫型人格障礙跟強迫症最大的分別，就是前者的行為大多出於對完美的追求，而強迫症患者之所以出現強迫行為卻是基於重複性想法所帶來的焦慮。即是說，強迫型人格障礙患者一點也不受到自己的症狀困擾，相反，強迫症患者深受這些症狀困擾，也深知這些想法和行為不盡正確。

有些強迫症患者恐懼污染，需要經常洗手沖涼，但這不代表他們其他方面同樣企理。相反，強迫型人格障礙患者在每一個方面都要求自己一絲不苟，有很多甚至引以自豪。

強迫型人格障礙患者相當固執，多數也不會求醫，連心理學家也不會去找。在多數情況底下，他們都是因為家人受到其症狀困擾，才迫不得已去見治療師。相反，強迫症患者自知問題所在，也知道自己的想法和行為不切實際。他們都會自願求醫，對藥物的依從性也相對較高。

OCPD 與 OCD 比較	
強迫型人格障礙（OCPD）	**強迫症（OCD）**
人格障礙	焦慮障礙
症狀隨著時間保持不變	症狀隨時間變化
不容易被識別	容易被識別
行為的動機源於追求完美	行為的動機是為了防止想像中的災難或災害出現
不認為行為有問題，所以不願尋求醫療幫助	接受自己的狀況並願意尋求醫療幫助
尋求幫助通常只因為與家人和朋友出現衝突和爭論	尋求幫助是為了控制他們的症狀，以及紓緩日常活動中的緊張

回到最初的起點

「你可不可以再多說一點?」小鳥醫生滿臉疑惑。

病人的媽媽繼續不急不緩地說:「她說她有一個時間表,每天需要完成幾項家務。但每一項家務她都會超時完成,所以就沒有時間去做其他事情。」

「那你有說服過她嗎?」

「當然有。」媽媽的語調依舊平淡,「試過協助她快一點完成,但她總是重複地做家務,停不下來。試過叫她不要依照自己的時間表,她卻說時間表裏的事情非常重要,如果她不做就會非常不舒服,害怕會失去什麼似的。她也有說過,覺得這樣有問題,但不能控制自己。」

「那這些年來你就這樣……」

「對呀,不然還可以做什麼?一打斷她的事情,她就會發脾氣。只要她未完成時間表裏的事情,就不肯去做其他的事,所以一直沒有帶她去看醫生。」

●●●

相信大家身邊一定有不少完美主義者，他們的生活是否跟這個
病人一樣？當然不是。

強迫症和強迫型人格障礙之間最大的分別，在於強迫症患者只
會執迷於幾方面，他們控制不了關於這些方面的思想，也會覺得這
些思想和行為有點不對。

強迫型人格障礙的人卻不同，他們的完美主義滲入方方面面，
自己非常喜歡甚至享受，從不覺得不適當和不舒服，也不會嘗試去
對抗。自己不會受到症狀影響，受害的往往只有身邊的人。

●●●

「醫生，病人準備好了。」

小鳥醫生一陣驚惶，鼻子卻嗅不到剛才的異味，「請她進來
吧。」

在洗手間經歷一番折騰之後，病人的確煥然一新，小鳥醫生也
用不著閉氣，可以順利地跟病人談天。

　　病人說的大致跟她媽媽說的差不多，令小鳥醫生感興趣的卻是，強迫症狀開始表露之前，在病人身上到底發生了什麼事情。

　　「就是我忘記了。」

　　「忘記了些什麼？」

　　「有一天我忘記清理廚房的地板——那是我的責任，我每天都有要完成的家務。然後爺爺經過廚房，不小心滑倒了，送院不久後便離開了我們……」

焦慮小知識
強迫症的成因

OCD 是遺傳的嗎？

強迫症有一定程度的遺傳性。遺傳學研究表明，強迫症的形成有大約 45% 至 65% 可歸因於遺傳因素[1]。特定的基因，如 NMDA 受體亞單位 NR2 的突變，也被證明與強迫症有關係。

與 OCD 形成有關的認知模式

特定的思維模式也跟 OCD 的形成有關。OCD 病人可能會比較有責任感，還經常會有無法容忍不確定性的特點。OCD 患者也較常出現魔法思維 (magical thinking) 這種心理防衛機制——出現焦慮的時候，他們會認為個人的思想或行為可以影響外界環境。這些認知風格可能會令病情加劇，導致焦慮與日俱增和強化強迫行為。

可能促發 OCD 的其他疾病

鏈球菌感染是其中一種可能會促發 OCD 形成的疾病。鏈球菌感染有可能誘導自體免疫反應，攻擊自身的大腦基底核 (basal ganglia)，最終造成 OCD 的病發。PANDAS (paediatric autoimmune neuropsychiatric disorders associated with streptococcal infections，合併鏈球菌感染的兒童自體免疫神經精神異常) 就是一例。此外，腦科疾病如柏金遜病、創傷性腦損傷、雷特氏綜合症、亨丁頓舞蹈症和癲癇都與 OCD 有關，可能由於這些疾病都對大腦皮層－紋狀體－視丘－大腦皮層迴路有不同程度的干擾。

過往的經歷和創傷

過去的創傷或令人極度後悔的事件有時候也是 OCD 的催化劑。創傷性事件可能導致持續的焦慮，而心理上對創傷的防衛機制（尤其是魔法思維）會加速強迫症的形成。創傷與 OCD 之間的關係複雜且因人而異，但過去不愉快的經歷對心理健康的影響不容忽視。

就像上文的病人一樣，當初因為忘記清理廚房的地板間接令爺爺滑倒，最後魂歸天國。患者心理上難以接受這個衝擊，潛意識的防衛機制令她相信做好家務可以回到過去，讓爺爺不會滑倒，這正是過往的經歷和創傷造成強迫症的一個好例子。

---

1 Krebs, G., & Heyman, I. (2015). Obsessive–compulsive disorder in children and adolescents. *Archives of Disease in Childhood, 100*(5),495–499. https://doi.org/10.1136/archdischild–2014–306934.

對強迫症的另一個誤解

不只普通人會對強迫症有誤解，有時候連醫生也會。

「醫生醫生！」

幾個月前診所來了一個電話，姑娘聽完後衝入診症室向醫生求救。

「什麼事？」

「剛剛接了一個電話，是一個孩子的媽媽打來的。她語氣非常的著急，說得有點複雜。她說她懷疑自己的孩子焦慮、強迫，醫生卻說是 ADHD……」

「那你怎麼說？」

「我當然說要等醫生判斷，但今天醫生的預約已滿，明天……」

「她很著急。」

「對呀，媽媽說孩子吃過醫生開的 ADHD 藥物之後，最近不肯上學，那些藥好像令孩子變得非常的焦慮。」

「今天有時間，」小鳥醫生吞了一口氣，「就排在最後一個，七點以後才看吧。」

「那⋯⋯」

小鳥醫生好像看穿了姑娘的心思，「你按時下班就好，我自己在這裏可以處理一切。」

● ● ●

一般家庭醫生的診所，只有醫生一人斷斷不能運作。畢竟病人多，可能每幾分鐘就要見一個病人，醫生無法兼顧診症以外的配藥、收款、登記等工作。

精神科診所的運作卻相對簡單，配的藥可能比其他專科的要多，但是每個病人所花的時間也更長。換句話說，診所姑娘每天花在配藥、登記和收款的時間遠遠比其他診所的少。

過了辦公時間之後，診所姑娘也要有自己的生活，不能每天OT。小鳥醫生雖然有些無良，但表面的功夫也要做好，不能剝奪自己員工的生活。所以在很多時候，診所只有自己一人，處理上上下下所有事務。

● ● ●

「磕磕──」

現在已經是晚上七點半，診所只有小鳥醫生一人。診症室外傳來了敲門聲。

「你好。」

小鳥醫生打開門，外面出現了一個中年婦人，婦人後面是一個十五六歲左右的女孩子。

「你好啊，你是不是⋯⋯」

「是的，我是小鳥醫生。」

這個場面熟悉得很。畢竟小鳥醫生的外表看上去還是很年輕，有時候真不太像一個專科醫生。

「你先填填問卷吧。」小鳥醫生拿出平板電腦，「填妥後我先替你登記。」

到了晚上，我既是小鳥醫生，也是小鳥姑娘。有時候還變成了小鳥清潔工。

焦慮小知識

兒童跟成人強迫症患者的分別

一半強迫症患者於兒童及青少年時期發病

大約 50% 的強迫症患者在兒童或青少年時期開始出現症狀[2]。早些檢測和干預，孩子才可以得到更好的長期結果。要預早防範強迫症，家長、教育工作者和醫療服務提供者的責任尤其重要。延誤求醫不但大大影響患者的整體生活質量，更有可能導致症狀惡化。但值得注意的是，平均而言，強迫症患者從病發到真正接受治療的所需時間約長達十一年[3]。

侵入性思想（執迷）的性質

侵入性思想（執迷）屬於比較難治的強迫症症狀。患有 OCD 的兒童雖然也有侵入性思想，但內容較不複雜。與成人相比，這些思想通常更易於控制，不太可能造成重大痛苦。相比之下，成人患者的侵入性思想往往更強烈和不可控制，也可能會造成相當的困擾。這是由於兒童與成人的認知和情感發展階段有所不同而致，也佐證了早期醫療介入的好處。

思想方式的分別

患有 OCD 的成人更可能具有「責任型人格」，時常將身邊不好的事情歸因於自己。這種特質普遍與強迫觀念和行為有關，也會加劇 OCD 症狀，令患者更加難以克服強迫症。成人患者也會擔心某些事件發生，並傾向高估它們發生的可能性，導致焦慮增加和出現更嚴重的強迫行為。這些認知扭曲在兒童中較不常見，因為他們沒有與成人相同水平的洞察力，以及同等的詳細風險評估的能力和習慣。

2　Goodman, W. K., Grice, D. E., Lapidus, K. A., & Coffey, B. J. (2014). Obsessive-compulsive disorder. *The Psychiatric Clinics of North America, 37*(3), 257–267. https://doi.org/10.1016/j.psc.2014.06.004.

3　Fenske, J. N., & Schwenk, T. L. (2009). Obsessive compulsive disorder: diagnosis and management. *American Family Physician, 80*(3), 239–245.

什麼人會失去動力？

來看精神科的病人當中，有不少都會失去動力。

失去動力這個症狀其實十分常見。在抑鬱症的病人當中，十個有七八個會比平時更疲倦，沒有動力去做任何事情，即便是自己喜愛的事，做起來也沒有勁。

失眠的病人也有類似情況。晚上睡得不好，精力自然不如平時，身體疲倦，做起事來也會失去原本的幹勁。

思覺失調的人會有幻聽、幻覺、妄想等，這些都屬於正性症狀，可以用藥物治療。但很多人忽略了負性症狀，失去動力便是其中之一。有些長期精神分裂患者甚至連照顧自己的動力也沒有，隔幾天甚至數週才洗一次澡，換一次衣服。

ADHD 的孩子有時候也會「失去動力」，但與其說他們沒有動力，不如說他們集中力不夠，不能從一項工作轉換到另一項工作，而表達的方式往往令人產生誤會。

●●●

「你好。」

小鳥醫生替病人登記完資料後，便讓病人和母親在診症室坐下。

病人是個十五六歲左右的女孩子，個子長得比同齡的小，架著一副銀絲眼鏡。臉上沒有什麼表情，看上去有點緊張，可能是因為來看醫生吧。

「你好啊，醫生。」病人的媽媽搶先一步開口，「終於見到你了，我本來還害怕孩子不能來。」

「嗯。」小鳥醫生有一點疑惑，「為什麼她不能來？」

「最近幾天她都出不了門口。」孩子媽媽繼續道。

「這幾天，她不是要上學嗎？」

「她這幾天要考試，結果門也出不了，唉……」女孩的媽媽嘆了一口氣，「她說沒有動力，怎麼勸也勸不動，我們還擔心今天來看醫生她也是這樣，幸好……」

「沒有動力，這是什麼回事？」

ADHD 與強迫症的異同

相比起 OCD，ADHD 較為普遍，而兩者亦有相似的症狀。有些時候，即便是精神科醫生或者心理學家，也會混淆這兩種疾病，令病人不能適時接受妥當的治療。以下歸納了兩種疾病的異同，以便讀者參考。

ADHD 與 OCD 的共同點

	ADHD	OCD
失去動力	患者會經常拖延。	患者會因為侵入性思想（執迷）影響原有的行動力。
注意力和專注困難	兩類患者都可能因為專注力而面臨挑戰，儘管成因和表現形式可能有所不同。	
執行功能困難	當涉及規劃、組織和完成任務，兩類患者都可能在這些領域出現障礙。	
情緒問題	患者經常有衝動的表現和冒險行為。	患者可能因強迫行為而持續遭受令人痛苦的想法和感覺所困擾。
重複行為	患者有時候會同時患上自閉症，而重複動作也是自閉症的常見症狀之一。	患者經常出現重複的強迫行為，例如洗手等。

ADHD 與 OCD 的差異之處

	ADHD	OCD
專注力	患者從小到大缺乏專注。	患者往往在病發後才出現專注困難。
行為傾向	患者可能尋求新鮮感和嘗試新體驗，傾向於冒險和衝動行為。	患者傾向圍繞日常中熟悉的事物，避免一切風險。
思維風格	患者可能會經歷「時間盲性」，即對時間流逝的感知受損。	患者雖然受到侵入性思維和強迫行為影響，但較少對時間流逝感到麻木。
認知負荷	患者常常難以集中注意力，很容易被環境中的其他刺激所分散。	患者在思考時較容易出現超載 (overload) 的問題，這是因為侵入性思想（執迷）會消耗認知資源。

專注力藥的「妙用」

孩子還沒有任何機會說話，媽媽繼續緊張地說。

「我也不知道她的意思是什麼。她之前總是在說自己沒有動力，每天早上出不了門口，只是在床前發呆，連衣服都換不了。一開始的時候還沒有現在這麼嚴重，一個星期也只有一兩天上不了學。」

「嗯嗯。」小鳥醫生眉頭一皺，覺得事情好像不是沒有動力這麼簡單。

「我們之前在看另一個醫生，醫生說她可能是 ADHD，給了她專注力藥。」

「服用後有什麼反應？」小鳥醫生插了嘴，緊張地問道。

「一開始好像好了點。比如說，她溫習好像集中了些，不像之前要猶豫許久才能開始。但是幾天之前……」

「幾天之前怎麼樣？」小鳥醫生還是相當專注。

「幾天之前可能因為快要考試的緣故，出門口前沒有動力的情況好像變頻密了，溫習的時候也不大能進入狀態。我們跟她去醫生那兒覆診，醫生替她加了藥。結果……」

「結果她的情況變得更壞，對吧？」

專注力藥，顧名思義，是用來治療 ADHD 的藥物。

有專注力問題的孩子，吃了藥後，上課會專心一點，做功課會快一點，溫習會入腦一點。

但它當然也有副作用。劑量過大的話，有些孩子會有焦慮的情況，他們會心跳加快、手震、頭痛，專注力不增反減，腦袋一片混亂。

這些情況在真正患有 ADHD 的孩子身上較少出現，畢竟他們真的有問題，只要劑量不是太大，吃了藥後也未必太過焦慮。但如果孩子本身沒有專注力的問題，即使是輕微的劑量也可能會有以上的副作用。

專注力藥也有其他功效。比如說，有些抑鬱症相當難治，醫生也會選擇加上一點專注力藥來提高病人的動力和心情。也有醫生會在狂食症 (binge eating disorder, BED) 患者身上用上專注力藥，以減少他們的食慾，降低狂食的頻率。

孩子沒有動力，吃了專注力藥按道理說會增加動力，只不過問題是，孩子的「沒有動力」是不是真的沒有動力？

焦慮小知識
正常人服用專注力藥物的潛在後果

專注力藥物，通常用於治療專注力不足及過度活躍症（ADHD）上，其作用在於增強大腦神經傳導物質的活性，從而改善專注力和控制衝動行為。然而，這些藥物對於沒有診斷為 ADHD 的正常人來說，可能會帶來反效果。

副作用的風險

專注力藥物的副作用包括食慾不振、焦慮、失眠和腹痛。這些副作用對於不需要這類藥物的人來說可能會特別明顯，因為他們的身體並不需要藥物所提供的神經刺激。

初期反應

服用專注力藥物初期，一個正常人可能會感受到更加有動力、自信，並且思維活躍。這是因為藥物刺激了大腦的神經傳導系統，尤其是那些與動機和情感相關的部分。

隨後的效應

服用專注力藥一段時間後，藥物初始的正面影響可能會變質。人可能會開始感到腦中思維過於活躍，以致無法專注，就像是腦袋「卡住」了一樣。這種過度刺激的狀態可以導致專注力下降，而不是提升。

情緒變化

服用專注力藥物的人可能會比平常更加容易緊張和易怒，尤其是在藥效開始減退時，這種情緒反應會變得更加明顯。

疲勞和上癮風險

藥效過後，一個正常人可能會感到非常疲倦，甚至比 ADHD 患者更加疲憊。此外，長期或不適當地使用專注力藥物可能會導致身體上的依賴，一旦停藥，使用者可能會經歷戒斷症狀。

沒有動力的真正原因

孩子母親嘆了一口氣。

「對啊，就是這樣，醫生。這幾天早上她連衣服都換不了，所以我們才找其他醫生看看。」

對於家長來說，學校考試往往是天大的事情。平日的課堂上不了也就算了，但考試考不了可是一個大麻煩。

「那你自己說說吧。」小鳥醫生把頭轉向女孩子。女孩子的神情跟剛進來的時候差不多，也是一樣的緊張，一樣的木無表情。

「我……我就是動不了。」

「昨天是考試日吧。」小鳥醫生看了一下月曆，「昨天起床之後你是怎麼想的？」

「沒有想什麼。」小女孩搖了搖頭，「只是動不了。」

「是不是有點猶豫，有點害怕？」

「也有點。」

「猶豫些什麼？是關於學校的嗎？」

強迫症的症狀其實有很多種類。很多人以為強迫症只是不斷的洗手清潔，其實不然。

強迫症的其中一種症狀是不斷的猶豫、不斷的自我質疑。患者即便做的事情全對，也會不停地懷疑自我，不斷探索有沒有其他自己做得不夠理想的可能性。

在這不斷內耗之中，很多患者會就此裹足不前，整天左思右想。腦中的想法也不是去解決問題，而是在否定和肯定自己之間掙扎，時間就這樣一分一秒地過去。

「也……也是。」女孩輕輕地點了點頭。

「是關於學校的進度？還是關於自己的表現？」

小鳥醫生想起，女孩之前也時常缺席，到最近考試可能也有準備不足的地方。

「其中之一吧。我沒有溫習所有考試內容，沒有多大的信心。」

「所以就不斷地想來想去，害怕去面對考試、面對考試後的結果。」

女孩點了點頭。

「我們不是跟你說過，」女孩的媽媽插了一下嘴，「成績怎樣也不重要？」

「我知道，我知道。」女孩看上去很煩躁，「但是我只要一想到我沒有充分的準備，我還有很多考試內容沒有溫習，腦袋裏就會不斷地想，不懂得做試卷會怎麼樣？空白了一片會怎麼樣？考試成績出來以後會怎麼樣？」

焦慮小知識

罕見的強迫症亞型

強迫症當然不止是洗手或者重複檢查東西這些行為。有些強迫症症狀較為罕見，而患者因為缺乏知識，有時候會相當恐懼。這些不太為人所知的 OCD 亞型包括：

戀童癖強迫症 (paedophilia OCD)：患者會因對兒童存有一些幻想而感到困擾，但這些想法並不構成實際的危險，因為他們並沒有真的對兒童有性衝動，只是不斷害怕自己會做出如此行為。

軀體強迫症 (somatic OCD)：這種 OCD 的焦點在於身體的自主功能，如眨眼和呼吸，患者會不斷質疑自己的身體是否有問題、呼吸節奏是否屬於正常水平。

存在主義強迫症 (existential OCD)：患者會不斷地思考關於存在、宇宙或生命意義的深奧問題，即便他們從未受過哲學教育，或者對此根本沒有興趣。

嚴謹強迫症 (scrupulosity)：這種 OCD 以道德或宗教相關的執迷為中心，患者會對自己所做的每件事情加以批判，質疑自己的行為是否合乎道德或者宗教規範。

自殺強迫症 (suicidal OCD)：患者有自我傷害的侵入性思維，但實際上並沒有自殺的風險，也沒有自殺動機，他們只是停止不了腦袋中各種自我傷害的畫面。

性取向強迫症 (sexual orientation OCD)：患者對自己的性取向感到質疑，即便對同性沒有性衝動。

虛假記憶強迫症 (false memory OCD)：患者不斷質疑過去的事件是否真的發生過。

關係強迫症 (relationship OCD)：患者質疑與伴侶的關係是否正確，即便雙方從未出現任何問題。

極度恐吐症 (emetophobia)：強烈恐懼自己會嘔吐，即便根本沒有嘔吐的感覺。患者會做出不同的強迫行為安撫自己，例如故意避開某種食物和氣味、避免出現在公眾場所等。

血清素的世界末日

社會上對精神科藥物的認識其實很有限。因為不知道,所以就會道聽途說,左拼右拼成所謂的知識,實際水分很多,錯誤也多。這些知識有時候還夾雜著各種利益,為了賣自己想賣的商品,有些人也會故意把精神科藥物污名化。

藥物當然有好也有壞。醫生處方藥物的時候,必須讓病人清楚知道當中的好處和壞處,站在病人的立場,幫助病人做出最好的決定。

但很多時候,病人或者家屬會被大眾對精神科藥物的固有誤解影響,令自己或者親人失去早日康復的機會。

●●●

「原來如此。」小鳥醫生點了點頭,「過去幾天這些想法是不是比以往更多?」

「就是在這幾天。」

「是上次見那個醫生之後嗎?」媽媽又插了嘴。

「也可能是。」女孩子想了一想，「上次之後好像比以前緊張了，胡思亂想也多了。」

「醫生，醫生，為什麼會這樣？」媽媽越聽越急。

「你剛才不是說過，醫生上次加的是專注力藥嗎？」

「是啊。」

「如果孩子沒有 ADHD，專注力藥吃多了會有副作用，因為它會刺激去甲腎上腺素的分泌。若本身並沒有 ADHD，吃過專注力藥之後容易會有緊張、心跳加快、手震的情況。」

「這又跟她有什麼關係呢？她說沒有動力出門，專注力藥不是能令她增加動力的嗎？」

小鳥醫生定了定神，「其實你的女兒患的是強迫症，不是 ADHD。她說的沒有動力，不過是思緒都困在了強迫症狀之中，思來想去不能行動。青年人未必能準確表達內心所想，才會這樣說出來。」

「強迫症……」

「強迫症是焦慮症的一種。如果患者服用過量專注力藥，焦慮的程度會增加，強迫症的症狀便會更加嚴重，所以上次加了藥之後，她便不能上學。」

「那我們現在可以怎麼辦？這專注力藥還吃不吃？」

「當然不吃。我們可以給她換一種血清素，吃了之後，她的焦慮程度會慢慢降低。再配合其他的心理治療，希望可以令她康復起來。」

「血清素？有必要嗎？不是非常嚴重的病人才要服用血清素的嗎？」病人媽媽的語氣令人覺得這天是世界末日。

焦慮小知識
關於血清素藥物的常見誤解

萬一我被醫生診斷為強迫症，是否非要吃藥不可？

當然不是，每個人也有人權和自由。醫生在處方抗抑鬱藥之前，會跟每個病人說清楚處方血清素的原因，醫生也需要清楚講述服用或者不服用血清素各有什麼風險，以及除了服用血清素之外，還有什麼治療方法。病人在掌握到完整資訊之後，需要跟家人討論，然後再作決定。

服用血清素之後，大概多久症狀才會好轉呢？

這其實因人而異。籠統來說，每天服用血清素的話，大概一至兩個星期之後，藥力便會慢慢見效，焦慮程度會慢慢減低。血清素的作用不單是補充大腦的血清素，而是要待血清素濃度提高，大腦產生結構性變化之後，我們的情緒才會慢慢好轉。強迫症的症狀可能需要更長的時間才有起色，大約需時六至八個星期不等。

萬一服用血清素之後出現副作用應該怎麼辦？

若果從未服用過這種血清素，服食後突然感覺不適，例如出現頭痛、頭暈、出汗、手震等症狀，患者必須馬上停止服用，然後盡早安排覆診，由醫生決定是否應該轉換其他種類的抗抑鬱藥。

長期服用血清素對身體有什麼害處？

一般而言，即使長期服用血清素，身體也不會受到什麼嚴重的傷害。只是林林總總的血清素當中，可能會有兩三種需要特別留意。醫生在處方這些血清素之前，必定要先跟病人說清說楚。

血清素與聰明丸

小鳥醫生清了清喉嚨。

「其實血清素是很普通的藥物……」

「真的嗎?」病人的媽媽大吃一驚,「我之前還聽說是很嚴重的病人才要吃。」

「其實很多人也在吃。」小鳥醫生嘗試保持冷靜,「我們這兒每個月入貨、出貨超過百多盒,抑鬱症、焦慮症、情緒病的人也有在吃。」

「但……」

「其實血清素 (serotonin) 是我們腦袋裏的一種神經傳遞物。所謂的血清素藥物其實是增加我們腦袋裏血清素濃度的藥物,一般不會對我們的大腦和身體有長遠和不可逆轉的壞影響。」

「因此不會有依賴的嗎?」

「血清素是抗抑鬱藥的其中一種，不是安眠藥，不是鎮靜劑，造成依賴和上癮的風險比較低。一般情緒穩定以後，多服用幾個月，待腦袋裏的物質回復平衡後，劑量可以慢慢減少，不用擔心。」

●●●

血清素這個名字改得其實不錯。

名字本身已經有去污名化的作用，血清血清，叫得好像本來就是身體一部分的樣子。

但畢竟它也是精神科藥物的一種，很多人聽了害怕，寧願去吃其他的補充品，也不願意嘗試血清素。

有的時候，家長對血清素的恐懼比專注力藥還要嚴重。畢竟專注力藥有個令人誤會的別稱叫聰明丸，家長對之又愛又恨。相反，對血清素卻是充滿猜疑。

●●●

小鳥醫生花了許久令女孩的媽媽好好了解血清素的作用和風險。媽媽最後答應嘗試一下，女孩當然也沒有反對，這一次的會診才告一段落。

　　診症完結的時候已經是晚上近八點，三千平方呎的診所裏只剩下小鳥醫生一人。孤獨地寫完診斷筆記後，便默默關燈、關冷氣離開。一想到明天又是同樣辛苦的生活，心裏不免跟剛才的女孩一樣在心底裏掙扎，沒有什麼動力。

　　這女孩往後的故事其實長篇得很，整個治療過程足夠寫一整本書，將來有機會再跟大家分享。不過這裏篇幅不夠，分享只好暫時擱下。

　　強迫症是一種非常複雜的疾病。在本章第一個故事中，我們知道強迫症病人不一定愛乾淨，而女孩的故事則發現原來強迫症病人有時候也會被誤解為 ADHD。

　　以下這個關於一個男孩的強迫症故事則更為有趣，小鳥醫生最後成功地解決了他的問題，但其實跟強迫症的治療沒有太大關係。

焦慮小知識

治療強迫症的其他方法

強迫症的治療是一個複雜的過程，不僅限於使用傳統的選擇性血清素再攝取抑制劑 (SSRI)，如 fluoxetine（氟西汀）。這些藥物在治療強迫症中扮演重要角色，有時候更需要處方超過常規的劑量，例如 fluoxetine 治療抑鬱症的最高劑量是 60 毫克，但治療強迫症可能需要 80 毫克。然而，若使用高劑量的血清素也未見顯著效果，這時候可能需要其他治療方法。

OCD 的形成與大腦的前額葉紋狀體迴路中的多巴胺和谷氨酸有關，針對這一迴路的藥物可能對治療 OCD 有幫助。對於某些 OCD 患者來說，低劑量的非典型抗精神病藥物可能有效，如 risperidone（利螺環酮）或 olanzapine（奧氮平），主要通過作用於大腦的多巴胺受體來發揮效果。一些精神科醫生可能會破例處方 NMDA 受體拮抗劑 (NMDA receptor antagonist)，如 esketamine（艾氯胺酮）或 memantine（美金剛胺），這些藥物可以刺激神經系統中的谷氨酸系統，減少強迫症狀。

腦磁激 (rTMS) 也是一種治療強迫症的方法。這是一種非侵入性的腦部刺激技術，已經在一些研究中用於治療 OCD，儘管它還沒有成為主流的治療方法。

最後，要注意藥物治療必須與心理治療相結合，才能發揮最佳效果。認知行為療法 (CBT)，特別是暴露和反應預防 (exposure and response prevention, ERP)，是其中一種有效治療 OCD 的心理治療方法。

奇怪的問卷評估

　　小鳥醫生的診症室旁邊有一道趟門，一拉就是姑娘房。

「欸──」

「他們還在填問卷呢。」姑娘彷彿知道小鳥醫生的心思。病人和媽媽填問卷已經有一段時間了，小鳥醫生等著等著，心裏焦急，怕這個病人還未看完，下一個就來。

　　每一個病人到達診所見醫生之前也要填問卷。第一次要填，往後每一次最好也要填，這可以令醫生快一點了解到病人，也可以給病人一個機會，在見醫生之前回想自己的症狀和康復進度。

　　成人的問卷往往簡單一點，但十八歲以下的病人第一次來求診的時候，小鳥醫生會讓孩子和父母各填一份。

　　因為不少來求診的孩子都有自閉症和 ADHD，這兩種疾病的症狀非常廣泛，也不是那麼容易診斷。孩子的父母需要根據這些年來對孩子的觀察填寫問卷，給醫生做參考。這問卷比情緒評估長很多，填寫的時間也當然難以預算。

● ● ●

「欸？」

小鳥醫生在電腦上不停地按，不停地按。

「這個新病人，他媽媽預約的時候不是說是因為強迫症才來看的嗎？為什麼……」

小鳥醫生自言自語，原因是看到自閉症家長問卷上的分數非常高，反映孩子很有可能患上自閉症。

自閉症的診斷當然需要醫生評估才能作準，但一般的小孩子除非有其他的疾病或者情況，一般分數不會那麼的高。

「欸……」小鳥醫生嘆了一口氣，然後馬上拉開診症室通往姑娘房的趟門，「快快請他們進來。」

小鳥醫生如此著急不是因為別的原因，而是因為突然發現多了一種病，複雜程度多了一層，便需要用更長的時間來看診。若不好好把握時間，便要令下一個病人苦苦等待。

見醫生之前的問卷評估

在現代醫療診所中,問卷已成為評估患者健康狀況的一個重要工具。這些問卷通常是經過精心研究和驗證的,旨在幫助醫生更好地了解患者的身心狀態,從而提供更有效的治療。以下是一些常見的問卷及其使用目的:

1. **PHQ-9 和 GAD-7:**這些問卷被廣泛用於成人患者中,以評估他們的情緒狀況,尤其是抑鬱和焦慮症狀。PHQ-9(Patient Health Questionnaire-9,病人健康狀況問卷-9)專門用於評估抑鬱症狀,而 GAD-7(Generalized Anxiety Disorder-7,廣泛性焦慮症問卷-7)則用於評估廣泛性焦慮障礙。這些問卷可以幫助醫生快速識別潛在的情緒問題。

2. **覆診時的問卷:**覆診時,患者可能需要填寫有關藥物反應和副作用的問卷,這有助醫生監測治療效果和調整用藥計劃。

3. **兒童及其家長的問卷:**這些問卷主要幫助醫生診斷如自閉症和 ADHD 等疾病。

4. **其他問卷**

   ● 自閉症的診斷通常使用 CAST(Childhood Autism Spectrum Test,兒童自閉症類群測驗),這是一個篩選工具,用於評估自閉症的風險。如果孩子在 CAST 中得分超過 14 分,則表示他們很可能有自閉症。

● ADHD 的診斷則可使用 Vanderbilt 評估量表,問卷包含十八
　條問題,專門設計來評估與 ADHD 相關的行為。

在此必須強調這些問卷不是用來作出最終診斷,而是作為診斷過程
中的輔助工具。它們提供的資訊可以幫助醫生更深入地了解患者的
狀況,但最終的診斷仍然需要結合臨床評估和專業判斷。使用這些
問卷再加上醫生的專業知識和經驗,可以確保患者能夠獲得最適合
他們的治療和關懷。

找不到來求診的原因

「你好，請坐。隨便坐也行。」

孩子的媽媽有點緊張地坐在沙發上，孩子坐得更近一點，坐到了小鳥醫生寫字枱的旁邊。

眼前的男孩長得還算乖巧，身形高大，不過看上去有點害羞，到了現在還沒有望向小鳥醫生。

「你好啊。」小鳥醫生嘗試發揮自己的親和力，調整自己的聲音，溫柔地看著孩子，「你今年應該是中四，對吧？」

「是的。」

「你在學校讀什麼科？」

「地理，還有中國歷史。」

常常覺得現在的孩子真有福氣，可以挑選自己喜歡的科目。以前小鳥醫生的時代只有文科和理科，讀理科的要是喜歡歷史，就只能在家自修。

「這很好啊。」小鳥醫生點了點頭,「在學校開心嗎?」

「也不錯。」

「沒有什麼壓力?」

「沒有,只不過有時候功課很多,不能夠準時完成。」

現在的學生功課真的很多,每一個來診的小孩子都因為學業有不同的壓力。面前的男孩有如此說法,小鳥醫生只覺得稀鬆平常,沒有放在心上。

但也就是這一下,令小鳥醫生多走了一條彎路。

「沒有其他不開心的地方?」

「其他也很好。」男孩笑了笑。

「那你今天為什麼來看醫生?」

小鳥醫生心裏奇怪,男孩的媽媽預約的時候說是強迫症,填問卷的時候發現男孩有自閉症的傾向,到了現在卻什麼問題也沒有。

「我想是洗手和沐浴的問題吧。」

「說來聽聽。」

　　「就是……」男孩尷尬地笑了一下,「洗澡的時間很長,用多了沐浴液,經常被媽媽罵。」

　　「原來如此。」小鳥醫生點了點頭,「每天洗澡洗多久?用多少沐浴液?」

　　「大概一個小時吧,每次用三分一瓶。」

焦慮小知識

醫生怎樣評估強迫症的嚴重程度？

強迫症不是不治之症，也有嚴重和輕微之分。以下是醫生在評估過程中會考慮的一些關鍵層面：

症狀佔據生活的時間：若一個人每天花費超過三小時處理他們的強迫行為或強迫思考，代表症狀可能會對個人的日常活動產生顯著的干擾。醫生一般視這類案例為嚴重。

對日常工作和學習的影響：強迫症狀如何影響患者的工作效率或學習能力也是一個重要的考量點。如果症狀嚴重干擾日常工作和學習，則可能表明症狀較為嚴重，醫生需要認真處理。

症狀對患者的困擾程度：這不僅包括症狀的頻率和強度，還包括它們對患者的情緒和心理健康所造成的影響。有時候病患會因為強迫症狀而出現其他的情緒問題，這類案例可要謹慎處理。

患者是否能夠對抗症狀：患者是否能夠成功地分心或抵抗這些強迫思考和行為，可以顯示出他們對症狀的管理能力。對於嚴重強迫症患者來說，抵抗強迫思考和行為是一件非常困難的事情。

患者對強迫症狀的控制力：醫生還會評估患者是否能控制他們的強迫症狀。如果這些症狀反過來控制了病人的生活，則可能表明症狀較為嚴重。

患病時間長度：強迫症的持續時間也是一個重要因素，長期未受治療的強迫症通常會變得更加根深蒂固，而年輕的病人則一般比較容易治療。

其他精神病症狀的存在：抑鬱症、焦慮症或思覺失調等共病症狀也可能會影響強迫症的嚴重程度，醫生或需要花更多的功夫去治療和制定治療計劃。

症狀的內容對患者而言是否合理：如果患者認為他們的強迫行為合理，這可能表明他們對病情的認知受到了嚴重影響，意味著症狀更加嚴重。

強迫症的自我評估

除了醫生的專業評估外，患者也可以在尋求專業幫助之前，進行一些自我評估來了解自己的症狀程度。其中一個常用的工具是Y–BOCS（Yale–Brown Obsessive Compulsive Scale，耶魯－布朗強迫症量表）。

Y–BOCS 是一種自我報告問卷，用於衡量強迫症的嚴重程度。它透過一系列問題評估強迫思考和行為的程度，以及它們對個人生活的影響。量表的總分範圍是 0 至 40 分，分數大於 23 分的話，表示症狀嚴重。

使用這個量表可以幫助患者初步了解他們的症狀是否嚴重，從而在尋求專業醫療幫助時有一個參考基礎。然而，這種自我評估不能替代專業的診斷。在進行任何治療或自我管理之前，應該尋求專業醫生的意見和指導。

吃過血清素也沒有用

　　沖涼沖一個小時，其實不是太大問題。小鳥醫生每天洗澡的時間也是差不多。當然這明顯是強迫症的症狀，但如果對生活沒有太大影響，其實也不一定要做治療。

　　相反，每天用三分一瓶沐浴液卻是一個問題。先不論經濟上的負擔，沐浴液會對皮膚造成刺激，過多的塗抹會導致各式各樣的皮膚疾病。

　　「一個小時？」男孩的媽媽在這個時候插了嘴，「我想遠遠不止吧。」

　　男孩還來不及答辯，小鳥醫生已經轉過身來，把握時機跟孩子媽媽說話，以釋除自己的疑慮。

　　「那他平常是怎麼樣的呢？」

　　「這孩子根本不是他說的這個樣子。」

● ● ● ●

　　強迫症，很多人也有，但是當中只有一部分會因為這種病來看醫生，而看醫生的都是因為強迫症影響了他們的生活。

　　比如說，有些強迫症患者會不斷洗手，但多洗幾遍其實也不太影響生活。會來看醫生的大多是非常嚴重的病人，他們每天花在洗手的時間，佔用了生活的大部分時間，影響了自己，也影響了他人，最後迫於無奈就醫。

　　也有些強迫症患者會事事都不斷檢查，小心檢查是好事，做人太過自信不好。比如說在醫院裏，護士給病人派藥也要三核五對，很多職業也要求員工小心再小心。但如果強迫的症狀嚴重起來，工作的效率降低到別人無法接受的程度，看醫生也是無可奈何的選擇。

　　眼前的男孩，強迫症的症狀說嚴重不嚴重，說輕微不輕微，無論如何，看上去對他的生活好像沒多大的影響。為什麼媽媽會如此焦慮，更花錢帶他來看醫生？男孩自己說的如此平淡，媽媽卻迫不及待地反駁，事實上又是怎麼的一回事？

　　「好的，你說吧。」小鳥醫生定了定神，「究竟發生了什麼事？」

　　「其實在這次之前，他一直在看醫生。」

　　小鳥醫生抽了一口氣，然後點了點頭，「原來如此。原本的醫生也說他是強迫症，對吧？」

　　「對呀。醫生也開了一點血清素，可以給你看看。」

　　媽媽拿出了一包藥。這藥沒有什麼特別，醫生一般也會處方此藥給強迫症的病人。

　　「他有吃過這藥，對吧？」小鳥醫生有一點擔心。

　　「他當然有吃過。」病人的媽媽回應，「現在也有吃，就是沒有什麼效果，所以我們才會來找你。」

焦慮症
少年之事件簿

焦慮小知識

強迫症跟焦慮症不一樣？

廣泛性焦慮症 (generalized anxiety disorder, GAD) 和強迫症是兩種常見的焦慮障礙，很多強迫症孩子也有焦慮問題。大家都是以血清素醫治，到底強迫症和廣泛性焦慮症有什麼分別？

廣泛性焦慮症 (GAD)

廣泛性焦慮症的患者往往無法控制自己的擔憂，而擔憂的內容卻會跳來跳去，隨著時間改變。這些擔憂與病人的現實生活緊密相連，有如健康狀況、財務狀況或人際關係問題等。廣泛性焦慮症患者所擔憂的內容比較持續和全面，它們雖然建立在現實的基礎上，但焦慮感已然過度且不成比例，遠遠超過了一般人在類似情況下的反應。

強迫症 (OCD)

強迫症患者也有焦慮，但會表現為重複且不合理的執迷。這些執迷通常有著脫離現實和不理性的特質，例如患者即使已經反覆檢查多次，還是會持續擔心自己未關閉瓦斯。這類患者會不斷進行強迫行為，如過度清潔或檢查事物，企圖消除或減少由執迷所引發的焦慮。

兩者的共同點

儘管 GAD 和 OCD 在表現上有所不同，但它們在某些核心特徵上是相似的。這些共同特徵包括：

● 心理反芻 (rumination)，即不斷在腦海中過度思考相同的問題或
擔憂；

● 過度焦慮：GAD 患者會擔心現實中可能發生的事情，OCD 患者
會對不合理的執迷想法過分擔憂；

● 尋求安心的行為，如不斷尋求他人確認來減輕焦慮。

這兩種疾病的患者都很難忍受不確定性，並且會有思維扭曲
(cognitive distortion) 的表現，如誇大風險或錯誤評估情況的嚴重
性。此外，他們往往會以逃避 (avoidance) 去避免一切可能引發焦慮
的情境。

藥物只可以幫你一半

記得小鳥醫生從前有句口頭禪：「藥可以幫你一半，另一半要靠你自己。」

這是對也是錯。有些種類的精神病，例如思覺失調，只靠藥物很多都已經好了一大半；相反，如果只用心理治療的技巧，思覺失調如何也好不了。

但焦慮症不同，除了藥物，更多的時候患者還需要自己去下苦功，去做心理建設，一步一步克服懼怕的東西，改變自己固有的想法。

在眾多焦慮症當中，強迫症算是最難用藥物去治療的。根據臨床經驗，治療強迫症往往要用比平常高的劑量，其他的焦慮症可以一兩星期見效，用藥治療強迫症卻需要六至八個星期才有一點效果。

眼前男孩的媽媽的說法，其實令人非常頭痛。別的醫生開了藥，短時間內治不好是正常；到了小鳥醫生這裏，開的可能也是同樣的藥，失去面子只是小事，看見病人受苦，愛莫能助才是大事。

●●●

「那麼你覺得孩子最大的問題是什麼？」小鳥醫生眉頭一皺，「他洗澡也不算花了很多時間。」

「他說是一個小時，就當一個小時吧。」媽媽的聲音有點氣憤，「但他留在洗手間的時間卻是一整晚的功夫。」

「一整晚？」

「沒錯，你自己說說吧。」男孩的媽媽向著孩子道。

「我⋯⋯」

「這是什麼的一回事？」小鳥醫生有點好奇。

「就是我晚上洗過澡後，有時候會太過疲倦，就在馬桶上睡著了。」

「什麼？」

「他就是一整晚都在馬桶上睡著，沒有回床上休息。」媽媽氣憤地插嘴。

孩子聽著不甘心，「我有回房間睡覺。」

「幾點？第二天還是起不了床，上不了學。」

焦慮症
少年之事件簿

強迫症心理治療的基本原理

強迫症症狀分為執迷和強迫。就以洗手為例，患者非常恐懼污穢，為了擺脫這種重複性的想法（即執迷），於是便不斷洗手（即強迫）。

只不過，不斷洗手卻形成了一種惡性循環，因為恐懼污穢實際上是一種焦慮。要克服這種焦慮便要面對和接受，而洗手則是一種逃避的行為，它間接在告訴你的大腦你的焦慮是合理的。要對抗這種惡性循環，患者便要刻意地忍住不做強迫行為，最後才可以克服焦慮。

人總不能一蹴而就，要強忍強迫行為，必須一步一步來才可以。

就以洗手為例，若果接觸過髒物，誰也忍不住會洗手。故此，治療師會先跟病人製作列表，根據焦慮程度列出平時會遇到的各種刺激。什麼也沒有接觸過就去洗手，當然是在列表中的最低位置，接觸過文具或玩具便洗手就排高一點，跟陌生人握手就再高一點，如此類推。

接著，治療師便會根據這個列表，一步一步跟病人嘗試即使受到刺激都要忍住不去做強迫行為。配合藥物治療和適當的訓練，病人的病情就會慢慢好轉，因為他們已經能夠克服執迷所帶來的焦慮。

奇怪的生活習慣

睡眠對小孩子來說的確是相當重要。

記得小鳥醫生中學的時候沉迷看武俠小說，經常看到半夜，借鬧鐘的燈光蜷縮在被窩裏閱讀，結果犧牲的就是下一天學習的精神。初中時候的成績自然不太理想。

現在的小孩子面對的問題更大，畢竟智能手提電話的發明增加了不睡覺的誘因，熒光屏發出的藍光也大大影響睡眠質素。青年人到診所看病說自己睡得不好，小鳥醫生一般不以為然，不太當失眠問題處理，反而建議他們從生活習慣著手。

睡得好對大人來說也是非常重要，他們不開心不會來看病，焦慮也不會來看病，但幾晚睡得不好，自己的方法又不行時，人就會變得相當著急，不惜代價都會來看病。

「原來是這樣，他整晚待在廁所裏。」小鳥醫生若有所思地點了點頭，再點了點頭，突然醒悟過來，「那為什麼他要這麼晚才洗澡？」

「你自己問問他吧。」

小鳥醫生把頭轉向孩子。

「我⋯⋯」孩子有點靦腆，「這是我的習慣。」

「他永遠就是這套說辭，非常的固執，要他轉變一下就會大發脾氣。」

小鳥醫生診症的時候大多全神貫注地看著病人，不會左右觀看，即便是在打字記錄病情，也會雙眼盯著病人。但就在這個時候，小鳥醫生的眼光卻落在熒光屏上病人和他的媽媽填的問卷回覆之上。

「你自己說呢？」小鳥醫生的目光繼續放在熒光屏上，「有什麼其他原因要待到這麼晚才洗澡？」

焦慮小知識

強迫症中執迷的心理治療

強迫症其中一個主要症狀是執迷。執迷是指反覆出現且令人不安的想法、念頭或衝動，即使患者意識到這些想法是不合理或過度的，但仍難以控制或擺脫。相對於反覆洗手或檢查事物等強迫行為，執迷則更加難以治療，因為它發生在患者的內心，無法像外在行為一樣被直接觀察到或量化。

在治療強迫行為時，治療師通常會採用暴露和反應預防療法，即讓患者逐步接觸引發其焦慮的情境，並抑制其進行強迫行為的衝動。然而，對於執迷症狀，由於其發生在患者的思想中，難以創造出類似的暴露環境。因此，治療執迷需要採取不同的策略：

減少與執迷內容相關的思考：患者應盡量避免去思考或分析執迷的內容，即使是試圖說服自己這些想法是不合理的。過度關注執迷的內容反而可能加強其影響。

轉移注意力：每當執迷出現時，患者應該嘗試把注意力轉移到其他事物上。可以嘗試一些簡單的分心技巧，如數數字、背誦詩歌或進行簡單的計算。

投入到其他事務中：患者應該找到一些自己感興趣或重視的活動，如運動、閱讀、學習新技能等，並投入時間和精力，這有助於減少執迷佔據患者生活的比重。

練習靜觀：靜觀 (mindfulness) 是一種心理練習，旨在培養對當下的覺知 (witnessing) 和不帶批判的態度。通過靜觀練習，患者可以學會觀察自己的想法和感受，而不被執迷控制或困擾。

堅持抵抗執迷：每一次成功忽略或抵抗執迷，都會增強患者的信心和控制感。隨著時間的推移，患者對執迷的反應會逐漸減弱，執迷所帶來的困擾也會減輕。

強迫以外的原因

「就是你們，原因就是你們那些規矩吧。」孩子結結巴巴地說。

「怎樣又關我們的事？」媽媽的聲音有點氣。

「你們不是規定在晚上十一點關掉 Wi-Fi 嗎？我要是早了洗澡，豈不是吃虧了？」

原來孩子一直有遊戲成癮的問題，爸媽也一直費了好大的勁去控制孩子上網打遊戲的問題。

「媽媽可沒勁去跟你辯論。」男孩的媽媽轉過頭望向小鳥醫生，「醫生啊，他究竟是什麼樣的問題？以前醫生說他是強迫症，給了血清素卻沒有用，那有沒有其他的藥物？」

在此時此刻，小鳥醫生心裏想的卻是熒光屏上的問卷結果——孩子在自閉症問卷上的分數非常高。

自閉症有很多種症狀，自閉症現代一點的稱呼叫做自閉症譜系障礙，所謂的譜系其實就像彩虹一樣，不只是黑白，症狀之間有高低輕重之分。

　　有些自閉症孩子全部症狀也相當嚴重，這樣自然較容易診斷並對症下藥；但有些孩子只在一兩個範疇上表現得嚴重，不符合自閉症的診斷條件。例如自閉症的其中一個症狀是固執，有些孩子只喜歡某一兩項東西或者只說一種語言；也有些孩子每天上課總愛走同一條路線，即便時間不容許也堅持不轉換路線，不然便會大發脾氣。

　　針對上述表現，可以嘗試用訓練自閉症孩子的方式處理，不一定需要以藥物治療。

　　「這樣吧，」小鳥醫生當然聽到男孩的媽媽的提問，「他當然有強迫的症狀，但其實強迫症並沒有影響他生活的全部。」

　　「這……」

　　「你剛才說最關注的是他晚上在廁所睡覺的問題。」

　　「是啊。」

　　「其實這不只與強迫症有關，」小鳥醫生接著道，「跟他的生活習慣，以及其他可能的疾病也有關。」

　　「其他的疾病？」

焦慮小知識

如何應對固執行為

不只自閉孩童，很多孩子也有固執的性格。固執並非疾病，但仍會影響孩子和家人的生活。

以下是一些關於如何應對自閉症兒童固執行為的建議：

1. 幫助孩子發現和採取可行的替代行為

家長可以與孩子一起列出對他們有幫助的注意事項，例如適應常規變化所需的時間。透過角色扮演的方式重現社交情境，能夠幫助孩子直觀地了解他們可以採取的替代行為。這樣的練習可以令孩子在面對實際情況時，更容易想到並運用這些策略，而不是固執於原有的行為模式。

2. 讚美和尊重孩子的優點，同時提醒他們變化的需要

當孩子過度關注細節時，提醒他們說：「你提到的是正在發生的事情的一個重要細節，但我們也可以看看還有什麼其他的事情正在發生。」或者說：「我很高興你對這如此感興趣，我們再多花一分鐘吧，然後把注意力轉到其他事情上。」另外也可以說：「我喜歡你關注細節的能力，一旦我們完成了那些細節，也可以換個方式，從宏觀的角度看事情。」這樣的提醒方式，既肯定了孩子的優點，又能夠引導他們注意到事物的其他方面，幫助他們逐步學會靈活應對。

3. 通過言語表達和示範意外情境，成為靈活思維的榜樣

父母或照顧者應該經常向孩子描述和示範面對意外情況時的應對方式。意外情境示範得越頻繁，一旦孩子自己遇到意外情況時，就會覺得沒那麼可怕。家長也可以玩「如果遊戲」，討論在不同情境下的各種反應，盡量令這個過程變得有趣和富有創意，激發他們對靈活思考的興趣。

4. 預先通知即將發生的變化

當日程安排即將發生變化時，家長應提前告知孩子。例如，如果下週要請假去看牙醫，可以先在日曆上標記出來，與孩子討論這個即將到來的事件，並提前幾天開始提醒孩子，確保他們有足夠的心理準備。此外，家長可以盡可能詳細地說明即將發生的變化，包括事件的時間、地點、參與者以及可能的活動內容，這樣可以減少孩子對未知情況的不安和焦慮。

17
我可不是自閉症

小鳥醫生指著熒光屏。

「你們進來之前做的問卷，顯示出自閉症的分數很高，大於或者等於 14 分的話，代表孩子患上自閉症的機率比常人大。」

「他多少分？」

「17。這不代表他有自閉症，只是這個傾向有可能影響著他平常的行為與習慣。」

「行為與習慣？」

「自閉症的其中一個症狀就是固執，好像你的兒子一樣，每天也有固定的時間表，即便影響著生活也改變不了。」

男孩聽著聽著突然有點激動，對著媽媽叫嚷：「我就說過，你剛才填的很不用心，這個根本不準，我可沒有自閉症。」

媽媽的臉色也有點尷尬。

　　自閉症的名字確實給改壞了，很多人聽到自閉症都覺得是嚴重的疾病，感覺跟得了癌症差不多。

　　小鳥醫生平日經常跟病人和家長說：「自閉症不過是能力上跟別的孩子有點不同，比如說有些孩子語文比較強，理科比較弱，自閉症的孩子也是如此，不過是溝通能力、社交技巧等比較弱。」

　　能力不好，訓練過便可以進步，語文不好可以多閱讀和補習；社交能力弱，那便參加社交訓練班，好好學習社交溝通技巧。

●●●

　　「我也沒有說你有自閉症，這個不重要。」小鳥醫生馬上補鑊，「但你固執這個事實，對還是不對？」

　　男孩當然也有自知之明，點了一點頭，「是。」

　　「那你每天早上是不是因為睡得不好的緣故，經常遲到，精神非常的疲倦？」

　　「也是。」

　　「這個問題你有沒有感到困擾？」

　　「有的。」

　　「這就好了，我可以替你解決這件事情，但當然要你幫一幫忙。」小鳥醫生拿出了一張白紙。

焦慮小知識
自閉症以外的其他可能性

自閉症的小朋友看起來木獨、不善言談、沒多少朋友，而不少人會
過於武斷，忽略了自閉症之外的可能性。事實上，有很多疾病的表
現跟自閉症相當類似，就讓小鳥醫生在此為你一一剖析。

學前期的兒童：

受到嚴重社會剝奪的孩童，例如經歷過疏忽照顧和虐待等，他們看
上去可能跟自閉症的小朋友沒多大分別。他們對外界無知無感，溝
通發展也因為疏忽照顧而變得遲緩。跟自閉症孩童不同的地方是他
們在社交上能與人維持有來有往的關係，也較少會有自我中心的行
為。

智力障礙的孩童有時也會被錯誤診斷成自閉症患者。然而智力障礙
的孩童不只是缺乏社交或者溝通方面的能力，智能上其他範疇的發
展也比一般人來得緩慢。但要注意的是，很多自閉症患者同時有智
力發展的問題。

除此之外，分離焦慮症和選擇性緘默症的患者因為長期懼怕跟人溝
通，也容易被人誤認為是自閉兒。但事實上，他們非不能也，實不
為也，跟比較熟絡的人溝通是完全沒有問題的。

年長一點的兒童：

年長一點的兒童比較容易分辨，只不過有些精神病患還是跟自閉症
患者有點相像。

最典型的便是精神分裂。精神分裂患者經常出現負性症狀，包括寡言和欠缺情緒表達，這些都跟自閉症非常相像。但若果仔細問診，便會發現精神分裂患者兒時的社交和溝通技巧根本沒有問題。

還有強迫症也跟自閉症很相像，但只限於自閉症孩童經常出現重複性動作這一項特質上。強迫症兒童的強迫症狀有時會令人很苦惱，造成不少社交問題，但他們的社交技巧實際上是正常的。

自閉症孩子的特別之處

自閉症的孩子學習社交技巧的方式，跟正常的小孩有點不同。

平常的小孩，大家都能夠「see one, do one」，有時候還能「teach one」。社交場合之中經歷過就能夠從中尋找規律，往後自然而然地使用出來。

但自閉的小孩子不同，他們無法站在對方的立場看事情，所以也無法在社交經驗之中獲取任何的社交技巧。他們總是以自己的方式嘗試討好別人，有時候成功，有時候失敗。

要教會自閉症的孩子，有時候需要一板一眼，例如：認識一個朋友，首先需要看著對方，然後面露微笑，下一步點一點頭，然後伸出手來，先不要搶著握，等對方也做同樣的動作時才握手。

小鳥醫生拿出了白紙之後卻沒有在上面寫什麼。

「要解決你的問題其實非常簡單，跟強迫症沒有關係。」小鳥醫生看著孩子不徐不疾地道，「你晚上睡得不好是因為你在廁所裏睡覺。」

「嗯。」

「你在廁所裏睡覺是因為你晚上洗澡的時間太晚了，強迫症狀令你在裏面待得太久，到了時候便自然睡著。其實只要將以上生活規律提早一點就行，關鍵在於你是否願意。」

孩子沉默了一會，「但是……」

「但是什麼？」媽媽插了嘴，「你永遠是這麼的固執。」

「不是，是我玩遊戲的時間。」

「玩遊戲的時間？」

孩子媽媽馬上明白了，「是這樣的，醫生，我們規定要在晚上十一點關上 Wi-Fi，他一定是害怕浪費掉可使用 Wi-Fi 玩遊戲的時間，所以不肯早一點洗澡。」

「這就容易了。」小鳥醫生其實一早知道孩子這門心思，立刻往白紙上寫。

焦慮小知識

如何知道孩子能否在對方的立場看待事情？

自閉症孩子較難從模仿中學習，也較難讀出別人的心意，並從別人的角度去想事情，因而發展出心智理論 (theory of mind)。

這聽起來是很簡單，但精神科醫生或者心理學家怎能從對答之中得悉孩子的心智發展，又怎能知道他們是否能夠從別人的角度去想事情呢？

Sally-Anne Test

從前有兩個小女孩，同坐在一個房間之中，一個叫莎莉，一個叫安妮。莎莉很喜歡一個小網球，對它愛不釋手，經常放在手上把玩。

莎莉要去洗手間小解，於是把小網球放進竹籃。安妮卻非常淘氣，趁著莎莉小解之時偷偷把小網球放到一個紙盒之中。

那麼，當莎莉回來後，她究竟會從竹籃還是從紙盒之中去尋找自己的小網球？倘若你是安妮，你又認為莎莉會如何做？

以上的問題分為兩個部分：第一個部分是去猜莎莉在想什麼，我們稱之為 first-order theory of mind。第二部分艱深一點，是去猜安妮會如何揣測莎莉的想法，我們稱之為 second-order theory of mind。

根據研究，在四至五歲的幼童之中，85% 都能準確判斷莎莉的想法。至於剩下的小朋友，出現自閉症的機率自然相對較高。懷疑孩子有自閉症的家長，也可以在家嘗試一下這一個 Sally-Anne test。

白色謊言

「小朋友，你有什麼不喜愛吃的食物？」醫生通常會以這一句開頭。

「我不喜愛食朱古力。」

「哦，原來如此。」醫生點一點頭，然後拿出一個公仔，「這個是小明，他跟你一樣不愛吃朱古力。」

小朋友點一點頭，開始投入情境。

「有一天他去探婆婆。他跟婆婆的關係很好，婆婆請了他吃一粒朱古力。小明吃了之後，連忙感謝婆婆，並表示自己很愛吃這粒朱古力。」

小朋友定睛看著代表小明的卡通公仔。

「小明究竟有沒有說謊？他又為什麼要這樣說？」

懂得何謂善意謊言的小朋友，自然知道正確答案——小明當然在說謊，但這是別有苦衷的。不懂得善意謊言的小朋友答案五花八門，試過有小朋友喜愛豆腐，便回答「可能朱古力加上了豆腐吧」這可愛的答案。

根據文獻[4]，七成的學前兒童（三至五歲）已經懂得善意的謊言，高小的（九至十一歲）有大概八成半知道這個社會規矩。到了高小還不懂得箇中道理的，患上自閉症的機率自然不小。

---

4   Talwar, V., Murphy, S. M., & Lee, K. (2007). White lie-telling in children for politeness purposes. *International Journal of Behavioral Development, 31*(1), 1–11. https://doi.org/10.1177/0165025406073530

有療效作用的合約

「好吧，我們就這樣寫。」

> 我同意以下事項：
>
> 一、每天吃完飯後立刻洗澡；
> 二、第一點做到的話，Wi-Fi 關閉時間由十一點延
> 　　遲到十二點。

「這樣子你同意嗎？」越來越少執筆寫字的小鳥醫生，費了不少勁，終於寫完了合約，假裝不在意地偷看孩子，瞧瞧他的反應。

「這個是……」原來孩子還未反應過來。

「這是你和我之間的合約。你說你想令自己的睡眠質素好一點，上學的時候精神一點，這就是解決的辦法。」

「嗯……」

　　看見男孩不太明白的樣子，小鳥醫生惟有解釋一下：「你的情況其實是生活習慣的問題。因為強迫症的原因，你在廁所逗留的時間比一般人長。」

　　孩子跟媽媽眼睜睜地看著醫生。

　　「因為要爭取時間使用 Wi-Fi 的關係，你習慣了把洗澡的時間延後，到父母關掉 Wi-Fi 之後才去洗澡。十一點多才開始，那麼完成所有步驟都差不多一點了，這樣很容易會在廁所睡著，影響隔天的精神狀態。」

　　「所以就是要讓他提早洗澡？」男孩的媽媽開始明白醫生的用心。

　　「對，但作為補償，合約中寫明若他做得到，Wi-Fi 的使用時間要延長至深夜十二點。」

　　「好⋯⋯我簽。」

　　男孩有一點衝動，剛拿起筆的時候，小鳥醫生興奮了一下，但看著男孩不到兩秒就把筆放了下來，心裏又是沉了一沉。

焦慮小知識

為什麼要制定行為合約？

行為合約是一個有效的工具，逐步替孩子發展自我管理能力。通過制定和執行行為合約，父母和孩子可以共同努力，創造一個積極的行為環境，支持孩子的成長和發展。制定行為合約能有效幫助自閉症孩子管理和改善行為是基於以下多個重要原因：

1. 行為合約清楚地列出了對孩子行為的期望。通過明確的目標和要求，孩子可以更好地理解父母或老師對他們的期望。這有助於減少混淆和誤解，並為孩子提供一個明確的行為指南。

2. 自閉症孩子往往喜歡結構化和常規化的環境。行為合約為孩子的日常行為提供了一個框架，幫助他們建立規律和習慣。知道什麼行為是社會所期望的，以及何時會得到獎勵，可以增加孩子的安全感和穩定感。

3. 行為合約通過設置獎勵來激勵孩子積極做出期望的行為。當孩子達到目標時，他們會得到有吸引力的獎勵，這可以增強他們的動機，鼓勵他們繼續保持良好的行為。隨著時間的推移，這種正面增強 (positive reinforcement) 的方式可以幫助孩子養成良好的行為習慣。

4. 制定行為合約的過程需要父母和孩子的溝通與合作。通過討論目標、獎勵和合約內容，父母和孩子可以更好地了解對方和建立信任。這種溝通有助於加強親子關係，促進孩子的社交和表達能力。

5. 行為合約通常以書面形式呈現，可以作為一種視覺提示。自閉症孩子往往對視覺訊息更敏感，書面的合約可以幫助他們更好地記住和理解行為目標。當孩子忘記或不確定時，可以查看合約作提醒和指導之用。

6. 通過參與行為合約的制定和執行，自閉症孩子可以逐步學習自我管理。他們開始意識到自己的行為對結果的影響，學會為自己的行為負責，這種自我管理的能力對孩子的長期發展和學習獨立生活非常重要。

合約治療的漏洞

「為什麼⋯⋯」

還未等小鳥醫生說完，男孩便問道。

「什麼為什麼？」小鳥醫生眉頭一皺。

男孩繼續說：「為什麼一定要吃飯之後去洗澡？」

「剛才不是說過了嗎？就是怕你午夜才洗澡，最後睡在廁所裏，影響了睡眠質素。」小鳥醫生不憚其煩。

「但是⋯⋯」

「我想他的意思是⋯⋯」媽媽跟孩子好像心靈相通，「他怕看不到那段時間播放的劇集。」

「是不是這個意思？」小鳥醫生恍然大悟，轉頭看著孩子。

「嗯。」

「那這個問題不難解決吧。我們在第一點加上一句：每天吃完飯後，或者看完七點半的電視劇之後立刻洗澡，這不就行了嗎？」

●●●

這一次診症，小鳥醫生雖然治療的是強迫症，卻未有額外處方新藥物，只是要孩子繼續服用原本的藥物。給他的藥方，只是簡單的一張合約，上面有男孩、男孩的媽媽和醫生的簽名。

在往後的覆診中，男孩還是有不斷洗手和洗澡的強迫情況，但因為合約的緣故，生活習慣也真的有一點改變。至少晚上可以安睡在自己的床上，不再蹲在馬桶上睡到凌晨三點。

不過說起小鳥醫生跟男孩訂下的合約，回想起來也有一點致命的缺陷。合約雖然訂立了規矩，卻沒有說他犯規的後果。

男孩如果不按照規定在吃晚飯後洗澡，最多不過是一夜回到解放前，跟以前的生活沒有半分差別。幸好孩子也知道合約是為了自己的好，小鳥醫生給的「藥方」最後才能見效。

強迫症，在眾多焦慮症當中算是最難治療的一種，一是容易誤診，二是不能只靠藥物，每次診症所花的時間比其他的病症要多。

說一句老實話，小鳥醫生也蠻害怕遇上強迫症，但同時也蠻喜歡遇上強迫症。畢竟難度大，挑戰性大，成功的時候滿足感也更大。

焦慮小知識

制定行為合約的要點

在制定行為合約之前，建議先與孩子進行一次深度談話，清楚地告訴他們你希望他們學習或改善什麼行為。宜使用簡單易明的語言，避免使用過於抽象或複雜的詞彙，確保孩子理解合約中包含的行為期望。

在制定行為合約時，不要一開始就包含太多的行為目標，應該從小目標開始，慢慢增加難度，這樣可以確保孩子有機會獲得成功的體驗，並得到獎勵。當孩子逐漸掌握了某個行為目標後，再逐步添加新的目標。

行為合約應該包含以下幾個要素：

● 合約創建的日期
● 期望孩子做到的具體行為
● 行為持續的時間（例如：每次安靜地工作十五分鐘）
● 孩子獲得獎勵的時間表（例如：每天或每個週末）
● 商討好的獎勵
● 父母和孩子的簽名，表明雙方都同意合約內容

選擇獎勵時，要考慮到孩子的興趣和喜好。獎勵應該是孩子真正想要的，並且願意為之努力。可以與孩子一起討論和選擇獎勵，增加他們的參與感和主動性。

行為合約也不是一成不變的。隨著孩子的進步和發展，可能需要對

合約內容進行調整。定期與孩子一起檢討合約的執行情況，了解孩子的想法和感受，並根據實際情況，對合約內容進行必要的修改，確保合約始終符合孩子的需求和能力。

制定行為合約後，堅持執行非常重要。父母應該以身作則，遵守自己在合約中的承諾。同時，要及時對孩子的進步給予肯定和鼓勵，幫助他們建立自信和動力。當孩子達成目標時，要履行獎勵承諾，令孩子感受到自己的努力是值得的。

焦慮症少年之事件簿

作者	小鳥醫生
總編輯	葉海旋
編輯	李小媚
助理編輯	鄧芷晴
書籍設計	Tsuiyip@TakeEverythingEasy Design Studio
封面及內文圖片	www.shutterstock.com

出版	花千樹出版有限公司
地址	九龍深水埗元州街 290-296 號 1104 室
電郵	info@arcadiapress.com.hk
網址	www.arcadiapress.com.hk

印刷	美雅印刷製本有限公司
初版	2024 年 7 月
ISBN	978-988-8789-33-7